U0462980

读古人书　友天下士

昌明国学　弘扬文化

崇文国学普及文库

世说新语

[南北朝]刘义庆　著

王谦　颜培金　注译

长江出版传媒　崇文书局

图书在版编目（CIP）数据

世说新语 / (南北朝) 刘义庆著；王谦，颜培金注译 .
-- 武汉：崇文书局，2020.6
（崇文国学普及文库）
ISBN 978-7-5403-5718-4

Ⅰ. ①世…
Ⅱ. ①刘… ②王… ③颜…
Ⅲ. ①笔记小说—中国—南朝时代 ②《世说新语》—注释 ③《世说新语》—译文
Ⅳ. ① I242.1

中国版本图书馆 CIP 数据核字 (2019) 第 247444 号

世说新语

责任编辑 阳爱梅
装帧设计 刘嘉鹏 甘淑媛
出版发行 长江出版传媒 | 崇文书局
业务电话 027-87293001
印　　刷 武汉中科兴业印务有限公司
版　　次 2020年6月第1版
印　　次 2020年6月第1次印刷
开　　本 880×1230 1/32
印　　张 6.5
定　　价 34.80元

本书如有印装质量问题，可向承印厂调换

总序

现代意义的“国学”概念，是在19世纪西学东渐的背景下，为了保存和弘扬中国优秀传统文化而提出来的。1935年，王缁尘在世界书局出版了《国学讲话》一书，第3页有这样一段说明：“庚子义和团一役以后，西洋势力益膨胀于中国，士人之研究西学者日益众，翻译西书者亦日益多，而哲学、伦理、政治诸说，皆异于旧有之学术。于是概称此种书籍曰‘新学’，而称固有之学术曰‘旧学’矣。另一方面，不屑以旧学之名称我固有之学术，于是有发行杂志，名之曰《国粹学报》，以与西来之学术相抗。‘国粹’之名随之而起。继则有识之士，以为中国固有之学术，未必尽为精粹也，于是将‘保存国粹’之称，改为‘整理国故’，研究此项学术者称为‘国故学’……”从“旧学”到“国故学”，再到“国学”，名称的改变意味着褒贬的不同，反映出身处内忧外患之中的近代诸多有识之士对中国优秀传统文化失落的忧思和希望民族振兴的宏大志愿。

从学术的角度看，国学的文献载体是经、史、子、集。崇文书局的这一套国学经典普及文库，就是从传统的经、史、子、集中精选出来的。属于经部的，如《诗经》《论语》《孟子》《周易》《大学》《中庸》《左传》；属于史部的，如《战国策》《史记》《三国志》《贞观政要》《资治通鉴》；属于子部的，如《道德经》《庄子》《孙子兵法》《鬼谷子》《世说新语》《颜氏家训》《容斋随笔》《本草纲目》《阅微草堂笔记》；属于集部的，如《楚辞》《唐诗三百首》《豪放词》《婉约词》《宋词三百首》《千家诗》《元曲三百首》《随园诗话》。这套书内容丰富，而分量适中。一个希望对中国优秀传统文化有所了解的人，读了这些书，一般说来，犯常识性错误的可能性就很小了。

崇文书局之所以出版这套国学经典普及文库，不只是为了普及国学常识，更重要的目的是，希望有助于国民素质的提高。在国学教育中，有一种倾向需要警惕，即把中国优秀的传统文化“博物馆化”。“博物馆化”是20世纪中叶美国学者列文森在《儒教中国及其现代命运》中提出的一个术语。列文森认为，中国传统文化在很多方面已经被博物馆化了。虽然中国传统的经典依然有人阅读，但这已不属于他们了。“不属于他们”的意思是说，这些东西没有生命力，在社会上没有起到提升我们生活品格的作用。很多人阅读古代经典，就像参观埃及文物一样。考古发掘出来的珍贵文物，和我们的生命没有多大的关系，和我们的生活没有多大关系，这就叫作博物馆化。“博物馆化”的国学经典是没有现实生命力的。要让国学经典恢复生命力，有效的方法是使之成为生活的一部分。崇文书局之所以强调普及，深意在此，期待读者在阅读这些经典时，努力用经典来指导自己的内外生活，努力做一个有高尚的人格境界的人。

国学经典的普及，既是当下国民教育的需要，也是中华民族健康发展的需要。章太炎曾指出，了解本民族文化的过程就是一个接受爱国主义教育的过程：“仆以为民族主义如稼穑然，要以史籍所载人物制度、地理风俗之类为之灌溉，则蔚然以兴矣。不然，徒知主义之可贵，而不知民族之可爱，吾恐其渐就萎黄也。”（《答铁铮》）优秀的传统文化中，那些与维护民族的生存、发展和社会进步密切相关的思想、感情，构成了一个民族的核心价值观。我们经常表彰“中国的脊梁”，一个毋庸置疑的事实是，近代以前，“中国的脊梁”都是在传统的国学经典的熏陶下成长起来的。所以，读崇文书局的这一套国学经典普及读本，虽然不必正襟危坐，也不必总是花大块的时间，更不必像备考那样一字一句锱铢必较，但保持一种敬重的心态是完全必要的。

期待读者诸君喜欢这套书，期待读者诸君与这套书成为形影相随的朋友。

陈文新

（教育部长江学者特聘教授，武汉大学杰出教授）

前言

《世说新语》，简称《世说》，南朝·宋刘义庆（403—444年）著，是中国古代著名的笔记小说集。

这本书主要记载汉末、三国至两晋时期士族阶层的言行风貌和轶事琐语，不仅保留了大量反映当时社会生活的珍贵史料，而且语言简练，文字生动鲜活，又是一部文学价值极高的古典名著。自问世以来，受到历代文士阶层的喜爱和重视，至今仍在海内外广为流传。

刘义庆是宋武帝刘裕之弟长沙王刘道怜的次子，13岁时被封为南郡公。因叔父临川王刘道规没有儿子，过继给刘道规，因此袭封为临川王。刘义庆自幼聪敏过人，受到伯父刘裕的赏识，刘裕曾夸奖他说："此我家之丰城也！"

他年轻时曾任东晋辅国将军、北青州刺史、都督豫州诸军事、豫州刺史等职。刘宋建立后，以临川王身份历任侍中、中书令、荆州刺史等显要职务。当时"荆州居上流之重，地广兵强，资实兵甲，居朝廷之半"，刘义庆被认为是宗室中最优秀的人才，所以朝廷才委派他承担如此显要之职。

据记载，刘义庆为人"性简素，寡嗜欲""受任历藩，无浮淫之过，唯晚节奉养沙门，颇致费损"。他喜爱文艺，常与文学之士交游，周围聚集着一大批名儒硕学。他自己也撰写了大量作品，除《世说新语》之外，还著有《徐州先贤传》十卷、《集林》二百卷；还曾仿班固《典引》作《典叙》，记述皇代之美。

全书分“德行”“言语”“政事”“文学”等三十六门。每门多的二百余则，少的寥寥不足十则，但可以简要地划分为两大类，一类是人物的品评，一类是玄远的清谈。书中用大量的篇幅记载了魏晋时期名士的玄妙言谈和奇特行事，对于王、谢、顾、郗等士族名流的言谈行事记叙尤多，如“雅量”“识鉴”“赏誉”“品藻”“容止”等门，从不同角度反映了当时社会对人物优劣高下的看法和标准。

“记言则玄远冷隽，记行则高简瑰奇”，这是鲁迅先生在《中国小说史略》中对《世说新语》的艺术特色的评价。《世说新语》基本上是客观地描绘人物、事件，作者把握住历史素材，将当时的社会风貌，以较为简洁的勾勒笔法，做了最真实的呈现。

《世说新语》记载的人物有上百个，但作者常用简单几个字，精确地描绘出主角的语言、动作，将主角的性格清楚地呈现在读者的面前。如“魏武将见匈奴使”，反映出曹操猜忌的本性，为人谲诈和“宁可我负天下，决不令天下人负我”的性格；又如“王蓝田性急”的描写，将他急躁的个性活生生地呈现出来。

《世说新语》受到魏晋流行的老庄哲学的影响，虽然用语短小，仍善于以对比的手法来突出人物的性格。不少内容所记情节具有戏剧性，曲折风趣，篇幅都很短，但读起来有如今日的微型小说，故事有首有尾，也有高潮迭起的情节。

这个选本意在让读者对《世说新语》一书有一大致的了解，三十六门每门都有选收，又有所侧重，能反映当时典型的人物风习以及对后世文化影响较大的内容选收较多，同时也注重故事的文学性、趣味性。注释和翻译过程中，吸收了前辈学者的研究成果，如余嘉锡先生《世说新语笺疏》等，恕不一一说明出处。

目录

德行第一

言语第二

政事第三

文学第四

方正第五

雅量第六

识鉴第七

赏誉第八

品藻第九

规箴第十

捷悟第十一

夙惠第十二

豪爽第十三

容止第十四

自新第十五

企羡第十六

伤逝第十七

栖逸第十八

贤媛第十九

术解第二十

巧艺第二十一

宠礼第二十二

任诞第二十三

简傲第二十四

排调第二十五

轻诋第二十六

假谲第二十七

黜免第二十八

俭啬第二十九

汰侈第三十

忿狷第三十一

谗险第三十二

尤悔第三十三

纰漏第三十四

惑溺第三十五

仇隙第三十六

德行第一

陈仲举言为士则

陈仲举言为士则①，行为世范，登车揽辔②，有澄清天下之志③。为豫章太守④，至，便问徐孺子所在⑤，欲先看之⑥。主簿白⑦："群情欲府君先入廨⑧。"陈曰："武王式商容之闾⑨，席不暇暖⑩。吾之礼贤，有何不可？"

【注释】

① 陈仲举：即陈蕃，字仲举，汝南平舆（今属河南）人。汉桓帝时，历任尚书、太尉等职，为人刚直，不畏强势，是东汉末年士大夫中有影响的人物之一。则：同下文的"范"，都是规范、榜样的意思。

② 登车揽辔：意思是出仕上任。揽，持。辔，驾驭牲口的缰绳。

③ 澄清天下：使天下政治清明。

④ 豫章：汉代郡名，治所在今江西南昌。

⑤ 徐孺子：即徐稚，字孺子，豫章（今南昌）人。家境贫寒而有节操，多次被皇帝征聘，终不出仕，有"南州高士"之称。

⑥ 看：这里是探望、访问的意思。

⑦ 主簿：汉代负责文书簿籍、掌管印鉴的佐官。白：禀告。

⑧ 府君：汉魏时对太守的尊称。旧时也用作子孙对先世的敬称。廨（xiè）：官署，官吏办公及居住的地方。

⑨ 武王：周武王姬发，为周代开国君主，是古代有名的贤君。式：通"轼"，车前扶手的横木。这里用作动词，指站在车上，俯身扶轼以示对人的敬意。商容：商纣时的大夫，因直谏而被贬谪。

闾（lǘ）：里巷的门。“式闾”，后来成为礼贤下士的典故。

⑩ 席不暇暖：连坐暖席子的时间都没有。

【译文】

陈蕃说的话是士人的规范，做事是世人的榜样。他出来为官，有着使天下政治清明的志向。他做豫章太守时，刚到豫章，就打听名士徐稚的住处，想先赶去拜访。主簿对他说：“大家的意思是，请您先进官署再说。”陈蕃说：“周武王乘车路过贤士商容所居里巷的门外时都要表示敬意，接待贤士忙得连席子都坐不暖。现在我尊敬贤士，有什么不可以呢？”

郭林宗至汝南

郭林宗至汝南[1]，造袁奉高[2]，车不停轨[3]，鸾不辍轭[4]；诣黄叔度[5]，乃弥日信宿[6]。人问其故，林宗曰："叔度汪汪如万顷之陂[7]，澄之不清，扰之不浊，其器深广，难测量也。"

【注释】

① 郭林宗：郭泰，字林宗，东汉末年的名士。博学有德，精于品评人物，影响极大。汝南：郡名，治所在今河南平舆北。

② 造：到，拜访。袁奉高：袁阆，字奉高，与下文提到的黄叔度为同乡好友。

③ 车不停轨：车子不停地行驶。轨，指车轮，这里指车轮滚过留下的辙迹。

④ 鸾（luán）：通"銮"，绑在轭首或车辕头横木上的马铃。轭：马拉车时架在脖子上的木具。鸾不辍轭，意思是鸾铃也不从车轭上解下来。

⑤ 诣：到某处看望某人，多用于所尊敬之人。黄叔度：黄宪，字叔度，出身贫贱，德行高超，时人将他比为颜回。

⑥ 弥日：整天。信宿：留宿两夜。

⑦ 汪汪：形容深广。顷：一百亩为一顷。陂：池塘。"叔度陂""万顷陂"后来成为形容人气度深广的典故。

【译文】

郭林宗到了汝南，拜访袁奉高，下车匆匆见一面就走。而拜访黄叔度时，却一连住了两夜。有人问他是什么缘故，他说："黄叔度像万顷的水塘那样深广，既无法澄清，也无法搅浑。他的度量，真的很难测量啊。"

李元礼风格秀整

李元礼风格秀整[①]，高自标持[②]，欲以天下名教是非为己任[③]。后进之士有升其堂者[④]，皆以为登龙门[⑤]。

【注释】

① 李元礼：李膺，字元礼，东汉末年清议的领袖人物之一，因反对宦官专权而被杀。风格秀整：风度品格俊秀端正。

② 高自标持：把自己的品格地位看得很高。

③ 名教：指儒家以正名定分为中心的礼教。

④ 后进之士：指辈分低、资历浅的士人。升其堂者：登上他的厅堂的人，指受到他接待和称誉的人。

⑤ 龙门：黄河水道，在今山西河津西北和陕西韩城东北之间，此处两岸峭壁对峙，形如阙门。旧称龙门之下每年3月有黄鲤鱼汇集，能跃上龙门的不过七十二条，均化为龙。“登龙门”用来比喻得到有名望之人的接待和援引而声誉倍增。

【译文】

李元礼风度品格秀美严整，自视甚高，以为自己担负着为天下正名定分、评论是非的责任。后辈士人有得到他的接待和称誉的，都认为获得了如登龙门一样的荣耀。

客有问陈季方

客有问陈季方[①]："足下家君太丘有何功德[②]，而荷天下重名？"季方曰："吾家君譬如桂树生泰山之阿[③]，上有万仞之高[④]，下有不测之深；上为甘露所沾，下为渊泉所润。当斯之时，桂树焉知泰山之高、渊泉之深？不知有功德与无也。"

【注释】

① 陈季方：陈谌，字季方。其父陈寔（shí），曾任太丘（县名，治所在今河南永城西北）长，时人称"陈太丘"。

② 家君：在人面前尊称自己的父亲。这里"足下家君"是尊称对方的父亲。

③ 阿（ē）：山的角落。

④ 仞：古代长度单位，八尺（一说七尺）为一仞。

【译文】

有客人问陈季方："令尊大人陈太丘有哪些功业和品德，而能在天下享有崇高的声望呢？"季方说："家父好比生长在泰山一隅的桂树，其上有万丈的高峰，其下有深不见底的深渊；上受雨露甘霖，下受深泉滋润。在这种时候，桂树哪能知道泰山有多高、深泉有多深呢？所以，我也不知道家父究竟是有功德还是没有功德呀。"

荀巨伯远看友人疾

荀巨伯远看友人疾[①]，值胡贼攻郡[②]。友人语巨伯曰："吾今死矣，子可去[③]！"巨伯曰："远来相视，子令吾去，败义以求生[④]，岂荀巨伯所行邪？"贼既至，谓巨伯曰："大军至，一郡尽空，汝何男子，而敢独止？"巨伯曰："友人有疾，不忍委之[⑤]，宁以我身代友人命。"贼相谓曰[⑥]："我辈无义之人，而入有义之国！"遂班军而还[⑦]，一郡并获全。

【注释】

① 荀巨伯：东汉颍川（今属河南）人，生平不详。

② 值：适逢，赶上。胡：古代对北方边地和西域各少数民族的泛称。

③ 子：你。

④ 败义以求生：不顾道义来求得自己的生存。

⑤ 委：舍弃，抛弃。

⑥ 相谓：相互议论。

⑦ 班军：退军。

【译文】

荀巨伯远道去探望生病的朋友，正好赶上外族敌寇攻打郡城。朋友对巨伯说："我是要死的人了，您可以赶快离开！"巨伯说："我远道来看您，您却要我离开，不顾道义来求得自己的生存，哪里是我荀巨伯做的事呢？"敌寇进了城，对巨伯说："大军一到，整个郡城的人都跑光了，你是什么人，竟敢独自留下来？"巨伯回答说："朋友有重病，不忍心丢下不管，情愿用我自己的身躯来换朋友的性命。"贼兵听了，相互议论说："我们这些没有道义的人，却侵入了这有道义的国家！"于是撤军而回，全城人的生命财产都得到了保全。

管宁、华歆共园中锄菜

管宁、华歆共园中锄菜①，见地有片金，管挥锄与瓦石不异，华捉而掷去之②。又尝同席读书③，有乘轩冕过门者④，宁读如故，歆废书出看⑤。宁割席分坐⑥，曰："子非吾友也。"

【注释】

① 管宁：字幼安，北海朱虚（今山东临朐东南）人，长期隐居，聚徒讲学，而不为官。华歆：字子鱼，平原高唐（今山东禹城西南）人，曾任豫章太守、尚书令、司徒等职。

② 捉：用手拿东西，这里是"拾"的意思。

③ 尝：曾经。同席：古人的习惯是在地上铺席子，席地而坐。

④ 轩冕（xuān miǎn）：古代一种有帷幕而前顶较高的车子，叫轩；天子、诸侯、卿、大夫的礼帽，叫冕。大夫以上的贵人才可以乘轩戴冕。这里把"轩冕"都置于动词"乘"之后，是古汉语中行文简略的表现。

⑤ 废书：意思是放下书，不再读书。

⑥ 割席分坐：割断席子，分开座位，表示鄙视对方。

【译文】

管宁和华歆一起在园中刨地种菜，见地上有一片金子，管宁依旧挥锄干活，和锄去泥土中的瓦石没有什么两样。华歆拾起金子，然后又把它扔掉。又一次，他们坐在同一张席上读书，有达官贵人乘车从门外经过，管宁依旧读书，华歆却丢下书跑出去观看。管宁便割断席子，分开座位，对华歆说："您不是我的朋友。"

华歆、王朗俱乘船避难

华歆、王朗俱乘船避难[①]，有一人欲依附[②]，歆辄难之[③]。朗曰："幸尚宽，何为不可？"后贼追至，王欲舍所携人。歆曰："本所以疑，正为此耳。既已纳其自托[④]，宁可以急相弃邪[⑤]？"遂携拯如初。世以此定华、王之优劣。

【注释】

① 王朗：字景兴，东海郯县（今山东郯城北）人，曾任会稽太守，孙策起兵略地江东，王朗兵败投降。后被曹操征为谏议大夫。

② 依附：一起避难。

③ 辄（zhé）：立即。难：认为……难办。

④ 纳：接受。

⑤ 宁：难道。

【译文】

华歆、王朗一起坐船逃难，有一个人想搭他们的船一起避难，华歆立刻表示为难。王朗说："幸好船还宽敞，怎么不行呢？"后来，贼兵追上来了，王朗想要丢下搭船的那人。华歆说："起先我对带不带他表示犹豫，正是考虑到了这种情况。既然已经接受了他的请求，怎么可以因为情况急迫就把人家抛弃了呢？"于是继续带着那人一起逃难。世人便根据这件事来评定华歆、王朗的品行优劣。

王平子、胡毋彦国诸人

王平子、胡毋彦国诸人①，皆以任放为达②，或有裸体者③。乐广笑曰④："名教中自有乐地，何为乃尔也？"

【注释】

① 王平子：王澄，字平子，晋琅邪临沂（今属山东）人，素有名望，曾为官，后因轻侮王敦而被杀。胡毋彦国：胡毋辅之，字彦国，有才干而不拘小节，晋室南渡后曾为湘州刺史。

② 任放：放纵性情，放荡不羁。达：通达。

③ 或：又，也。

④ 乐广：字彦辅，晋南阳（今属河南）人，崇尚清谈，很有名望。

【译文】

王澄、胡毋辅之这些人，都认为放纵任性便是通达，有的甚至会赤身裸体。乐广觉得可笑，说："注重名分的儒家礼法中本来就有让人欢乐的境地呀，为什么竟要这样做？"

顾荣在洛阳

顾荣在洛阳[①]，尝应人请，觉行炙人有欲炙之色[②]，因辍己施焉[③]。同坐嗤之[④]。荣曰："岂有终日执之而不知其味者乎？"后遭乱渡江，每经危急，常有一人左右己[⑤]，问其所以[⑥]，乃受炙人也。

【注释】

① 顾荣：字彦先，晋吴郡吴（今江苏苏州）人，早年仕吴，为黄门侍郎。西晋灭吴后，他和陆机、陆云同至洛阳，人称"三俊"。曾任尚书郎等。

② 行炙（zhì）人：做烤肉的人。炙，烤，这里指烤肉。欲炙之色：露出想吃烤肉的神情。

③ 辍：停下来。施：给予。

④ 嗤（chī）：讥笑。

⑤ 左右：从旁护卫。

⑥ 所以：缘故。

【译文】

顾荣在洛阳时，曾经应邀赴宴，在宴席上他感觉烤肉的那个人流露出想吃肉的神情，就把自己的那一份让给那人吃。同座的人都取笑他。顾荣说："哪有整天做烤肉而不知道它的味道的道理呢？"后来顾荣遭遇战乱过江避难，每逢遇到危急情况，常会有一个人在身旁护卫着他。他问那人为什么这样，才知道他竟是在那次宴席上烤肉的那个人。

阮光禄在剡

阮光禄在剡[1]，曾有好车，借者无不皆给[2]。有人葬母，意欲借而不敢言。阮后闻之，叹曰："吾有车而使人不敢借，何以车为[3]？"遂焚之。

【注释】

① 阮光禄：阮裕，字思旷，晋陈留尉氏（今属河南）人。他是阮籍的族弟。曾任王敦主簿。后长期隐居会稽剡（shàn）县（今属浙江），被征为金紫光禄大夫（未就职），所以此处称为阮光禄。

② 给（jǐ）：供给，借给。

③ 何以车为：要车子干什么？何……为，是表示反诘的句式。

【译文】

阮裕在剡县时，曾有一辆上好的车子，无论谁向他借，他都借给。有个人要安葬母亲，心里想借车子却不敢开口。阮裕后来听说了这事，叹口气说："我有车子，却让人家不敢借，我还要这车子做什么呢？"于是把车子烧掉了。

谢公夫人教儿

谢公夫人教儿[①]，问太傅："那得初不见君教儿[②]？"答曰："我常自教儿。"

【注释】

① 谢公：谢安。

② 那得：如何，为什么。初不：从未，全不。

【译文】

谢安的夫人教育儿子，她问太傅谢安："怎么从来没见过您教导儿子呢？"谢安回答说："我平常是用自身的言行教导儿子的。"

晋简文为抚军时

晋简文为抚军时[①]，所坐床上[②]，尘不听拂，见鼠行迹，视以为佳。有参军见鼠白日行[③]，以手板批杀之[④]，抚军意色不说[⑤]。门下起弹[⑥]，教曰："鼠被害，尚不能忘怀；今复以鼠损人，无乃不可乎[⑦]？"

【注释】

① 晋简文：晋简文帝司马昱（yù），字道万，即位前曾封会稽王，任抚军大将军等职。

② 床：古人将坐具和卧具都称为床，这里是指坐具。

③ 参军：官名，全称为"参军事"，为丞相府或将军府的幕僚。

④ 手板：即笏（hù），官吏在朝廷觐见皇帝或谒见上司时手中所拿的用来记事的窄长的板子，不用时则插于腰间。

⑤ 说：同"悦"。

⑥ 门下：下属。弹：弹劾，检举。

⑦ 无乃：表示委婉的疑问语气词，相当于"恐怕""大概"。

【译文】

晋简文帝司马昱担任抚军大将军时，他坐的床榻上的灰尘不让拂拭，在上面看到老鼠的脚印，他觉得很好看。有个参军看到老鼠白天出来跑动，就用手板把它打死了，司马昱脸色很不好。他的下属提议处罚参军，他教训下属说："老鼠被打死尚且让人不能忘怀，如今要是再为了老鼠去损伤人，恐怕也不可以吧？"

范宣年八岁

范宣年八岁[①]，后园挑菜[②]，误伤指，大啼。人问："痛邪？"答曰："非为痛。身体发肤，不敢毁伤[③]，是以啼耳。"宣洁行廉约，韩豫章遗绢百匹[④]，不受；减五十匹，复不受。如是减半，遂至一匹，既终不受。韩后与范同载，就车中裂二丈与范，云："人宁可使妇无裈邪[⑤]？"范笑而受之。

【注释】

① 范宣：晋人，精通儒家文化，居家贫俭，以讲诵为业。曾被召为太学博士等职，推辞不就。

② 挑：挖。

③ 身体发肤，不敢毁伤：语出《孝经》："身体发肤，受之父母，不敢毁伤，孝之始也。"身，指躯干；体，指头和四肢。

④ 韩豫章：韩伯，字康伯，晋颍川长社（今河南长葛）人，曾任豫章太守等职。遗（wèi）：馈赠，赠送。

⑤ 宁：表示反问语气，相当于"难道""怎么"。裈（kūn）：裤子。

【译文】

范宣八岁时，有一次在后园挖菜，不小心伤了手指，大声哭起来。别人问他："很疼吗？"他回答说："不是因为疼呀。身体发肤是父母所赐，不敢毁伤，所以才哭。"范宣品行高洁，生活节俭。有一次，豫章太守韩伯送他一百匹绢，他不肯接受；减去五十匹，还是不接受。这样一半一半地减下去，最后减到了一匹，他始终没有接受。后来，韩伯和范宣同坐一辆车，在车上撕了两丈绢送给范宣，说："一个人难道可以让老婆没有裤子穿吗？"范宣这才笑着收下了绢。

王恭从会稽还

王恭从会稽还[①]，王大看之[②]。见其坐六尺簟[③]，因语恭[④]："卿东来，故应有此物，可以一领及我。"恭无言。大去后，即举所坐者送之。既无余席，便坐荐上[⑤]。后大闻之，甚惊，曰："吾本谓卿多，故求耳。"对曰："丈人不悉恭[⑥]，恭作人无长物[⑦]。"

【注释】

① 王恭：字孝伯，晋太原晋阳（今山西太原）人。他是孝武帝皇后之兄，安帝舅父，曾任兖、青二州刺史等职，晋安帝时起兵反对晋室，兵败被杀。会稽：郡名，治所在今浙江绍兴。还：这里指回到东晋都城建康（今江苏南京）。

② 王大：王忱，字元达，小字佛大，是王恭的族叔。晋阳（今山西太原）人，曾任荆州刺史等职。

③ 簟（diàn）：竹席。

④ 语（yù）：告诉，对……说。

⑤ 荐：草垫子。

⑥ 丈人：古代对老人或长辈的尊称。悉：了解。

⑦ 作人：为人。长物：多余的物品。后人常以"身无长物""家无长物"形容清廉不贪、不积蓄财物，即出自此处。

【译文】

王恭从会稽回来，王大去看望他。看到王恭坐在六尺长的竹席上，王大于是对王恭说："你从东边回来，本当有这种东西，可以拿一张送给我吗？"王恭没有答话。王大走后，王恭就拿起自己所坐的竹席送给了王大。王恭自己没有多余的竹席，就坐在草垫子上。后来，王大知道了这件事，很吃惊，说："我本来以为你有很多，才向你索要的。"王恭回答说："您老人家是不了解我，我为人从来不备多余的物品。"

言语第二

徐孺子年九岁

徐孺子年九岁，尝月下戏。人语之曰：“若令月中无物[①]，当极明邪？”徐曰：“不然。譬如人眼中有瞳子，无此必不明。”

【注释】

① 若令：如果，假使。

【译文】

徐孺子九岁时，有一次在月光下玩耍。有人对他说：“如果月亮中什么都没有，应该会十分明亮吧？”徐孺子说：“不是这样的。就好比人的眼睛里有瞳仁吧，如果没有瞳仁的话，眼睛就一定看不到东西呀。”

孔文举年十岁

孔文举年十岁[①]，随父到洛。时李元礼有盛名[②]，为司隶校尉[③]，诣门者皆俊才清称及中表亲戚[④]，乃通。文举至门，谓吏曰："我是李府君亲[⑤]。"既通，前坐。元礼问曰："君与仆有何亲[⑥]？"对曰："昔先君仲尼与君先人伯阳有师资之尊[⑦]，是仆与君奕世为通好也[⑧]。"元礼及宾客莫不奇之。太中大夫陈韪后至[⑨]，人以其语语之。韪曰："小时了了[⑩]，大未必佳。"文举曰："想君小时，必当了了。"韪大踧踖[⑪]。

【注释】

① 孔文举：孔融，字文举，东汉末鲁国（今山东曲阜）人，孔子二十世孙。是"建安七子"之一，极享文名。曾任北海相、太中大夫等职。后因对曹操多所非议而为曹操所杀。

② 李元礼：李膺，字元礼。

③ 司隶校尉：官名，主管纠察京师百官及所辖附近各郡，相当于州刺史。

④ 诣门：登门。清称：指有清高声誉的人。中表：古代称姑母的儿子为外兄弟，舅父、姨母的儿子为内兄弟。外为表，内为中，合称"中表兄弟"。姑母、舅父、姨母的子女之间的亲戚关系又称为"中表亲"。

⑤ 李府君：这里是对李膺的敬称。

⑥ 仆：古代男子对自己的谦称。

⑦ 仲尼：孔子名丘，字仲尼。伯阳：相传老子姓李，名耳，字伯阳。师资：老师，师长。相传孔子曾向老子请教有关礼的学问。

⑧ 奕世：累世，一代接一代。奕，次第。通好：世交友好。

⑨ 陈韪（wěi）：桓帝时任太中大夫。

⑩ 了了：聪明伶俐。

⑪ 踧踖（cù jí）：局促不安的样子。

【译文】

孔融十岁时，跟随父亲到洛阳。当时李元礼有很高的名望，担任司隶校尉，登门拜访的只有是才子、名流和内外亲戚，守门的小吏才给通报。孔融来到门前，对小吏说："我是李府君的亲戚。"通报之后，进去入座。李元礼问道："您同我是什么亲戚关系啊？"孔融回答说："当年我的祖先仲尼先生和您的祖先伯阳先生曾有师生之谊，如此说来，我和您两家算是世交了。"李元礼和在座的宾客听了无不为他的聪明伶俐感到惊奇。太中大夫陈韪来晚了一些，有人把孔融的话告诉他。陈韪说："小时候聪明伶俐，长大了未必出众呢。"孔融说："想必您小的时候，一定是很聪明的啦。"陈韪听了，显得十分尴尬。

孔融被收

孔融被收[①]，中外惶怖[②]。时融儿大者九岁，小者八岁。二儿故琢钉戏[③]，了无遽容[④]。融谓使者曰："冀罪止于身[⑤]，二儿可得全不[⑥]？"儿徐进曰[⑦]："大人岂见覆巢之下[⑧]，复有完卵乎？"寻亦收至[⑨]。

【注释】

① 收：逮捕。

② 中外：指朝廷内外。惶怖：惊慌恐怖。

③ 故：仍然。琢钉：一种儿童游戏，以掷钉琢地来决胜负。

④ 了：全。遽容：恐惧的神色。

⑤ 冀：希望。身：我。这句话是说：希望刑罚只加在我一个人身上。

⑥ 全：保全。不：同"否"。

⑦ 徐：慢慢地。进：进言。

⑧ 大人：对父母或父母辈的尊称。

⑨ 寻：不久。

【译文】

孔融被逮捕，朝廷内外人士都很惊恐。当时他的儿子大的九岁，小的八岁。两个孩子依旧在玩琢钉游戏，一点也没有恐惧的样子。孔融对前来逮捕他的差吏说："希望刑罚只限于我自己，两个孩子能否保全性命？"儿子从容地上前说："父亲，您难道看见过被弄翻了的鸟巢下面还会有完整的鸟蛋吗？"不久，两个孩子也被抓到了关押孔融的地方。

祢衡被魏武谪为鼓吏

祢衡被魏武谪为鼓吏①，正月半试鼓。衡扬枹为《渔阳掺挝》②，渊渊有金石声③，四坐为之改容。孔融曰："祢衡罪同胥靡④，不能发明王之梦⑤。"魏武惭而赦之。

【注释】

① 祢（mí）衡：字正平，平原般（今属山东）人。平生恃才傲物，只与孔融、杨修交好。孔融曾向曹操推荐他，但他称疾不往。曹操故意命他为击鼓的鼓吏，以此来羞辱他。谪：贬降，降职。

② 扬枹（fú）：挥动鼓槌。《渔阳掺挝（càn zhuā）》：古代的一种鼓曲，击一通鼓叫一挝，掺挝就是击三通挝。

③ 渊渊：形容鼓声深沉凝重。金石声：钟、磬之类乐器发出的铿锵、清越的声音。

④ 胥靡：古代称服劳役的犯人为胥靡。

⑤ 明王：英明的君王，这里指曹操。相传殷天子武丁曾梦见上天赐给他贤良的辅臣，令人寻访，在傅岩找到了从事劳役的囚犯傅说（yuè），即用以为相。孔融这里把击鼓的祢衡比作服刑的傅说，表面上说祢衡不能像傅说那样"发明王之梦"，实际上讽刺曹操不能像武丁那样求贤识才。

【译文】

祢衡被曹操贬谪为鼓吏，正遇8月中旬会集宾客要检验鼓的音色。祢衡扬起鼓槌奏起《渔阳掺挝》，鼓声深沉凝重，听上去有金石之声，四座的人都为之动容。孔融说："祢衡的罪过和服刑的囚犯相同，却没有能耐使贤明的君王从梦中惊醒过来！"曹操听了很惭愧，就赦免了祢衡。

嵇中散语赵景真

嵇中散语赵景真[①]：“卿瞳子白黑分明，有白起之风[②]，恨量小狭[③]。”赵云：“尺表能审玑衡之度[④]，寸管能测往复之气[⑤]。何必在大，但问识如何耳。”

【注释】

① 嵇中散：即嵇康。中散即中散大夫，是参与议论政事的比较闲散的职务。赵景真：赵至，字景真，曾任辽东郡从事，颇有清誉。

② 白起：战国时秦国名将，善于用兵，封为武安君。据载他的瞳仁黑白分明，古人认为有这种生理特征之人见解高明。

③ 恨：遗憾。

④ 表：测日影的标杆。玑衡：古代观测天象的仪器，这里借指天体运行。

⑤ 管：用来校正乐律的竹管。

【译文】

中散大夫嵇康对赵景真说：“你的眼珠黑白分明，有白起那样的风度，只是可惜气量稍微狭小了些。”赵景真说：“一尺长的表尺就能审定天体运行的度数，一寸长的竹管就能测量出乐音的高低。何必在乎大不大呢，只要看那人的见识怎么样就行啦。”

司马景王东征

司马景王东征①，取上党李喜以为从事中郎②。因问喜曰："昔先公辟君不就③，今孤召君④，何以来？"喜对曰："先公以礼见待⑤，故得以礼进退。明公以法见绳⑥，喜畏法而至耳！"

【注释】

① 司马景王：司马师，字子元，为司马懿的长子。司马懿死后，以抚军大将军辅政，废魏帝曹芳。晋立后，追尊为景王。司马炎代魏后，追尊为景帝。

② 上党：郡名，辖境相当于今山西长治市一带。李喜：字季和，官至尚书仆射，拜特进光禄大夫。从事中郎：官名，将帅府的幕僚，主管参议谋划。

③ 先公：称自己或他人已死去的父亲。这里是指司马懿。辟：征召……为官。

④ 孤：古代帝王的自称。

⑤ 见待：对待我。

⑥ 明公：对有名位者的尊称。绳：约束，限制。

【译文】

晋景王司马师东征时，召取上党李喜做从事中郎。李喜到任时，景王问道："当初先父召您任职，您不肯就任。现在我召请您，为什么就来了呢？"李喜回答说："令尊以礼待我，所以我能按礼节来决定就任还是辞谢。现在您用法令来约束我，我是出于对法令的恐惧才来的啊。"

邓艾口吃

邓艾口吃[①]，语称“艾艾”[②]。晋文王戏之曰[③]：“卿云‘艾艾’[④]，定是几艾[⑤]？”对曰：“‘凤兮凤兮’[⑥]，故是一凤。”

【注释】

① 邓艾：字士载，义阳棘阳（今河南新野东北）人，三国时魏国人，曾任镇西将军。曾与钟会分道攻蜀，钟会入蜀后诬他谋反而被杀。

② 艾艾：古代对人说话，常自称己名表示谦恭。邓艾本应自称为“艾”，因其口吃，自称就连说成“艾……艾……”。

③ 晋文王：即司马昭。

④ 卿：你。司马昭对邓艾是以尊对卑，所以称“卿”。

⑤ 定：到底，究竟。

⑥ 凤兮凤兮：语出《论语·微子》，楚国狂人接舆经过孔子身边，唱歌说：“凤兮凤兮，何德之衰！”邓艾引用此语，意思是说接舆歌词中连用两个“凤”字，其实说的是一只凤，自己连说“艾艾”，原本也就是一个艾。

【译文】

邓艾说话口吃，说话时自称其名为“艾艾”。晋文王司马昭和他开玩笑说：“你说‘艾艾’，到底是几个艾呀？”邓艾回答说：“‘凤兮凤兮’，本来也只有一只凤啊。”

满奋畏风

满奋畏风①。在晋武帝坐②，北窗作琉璃屏③，实密似疏，奋有难色。帝笑之。奋答曰：“臣犹吴牛④，见月而喘⑤。”

【注释】

① 满奋：字武秋，高平（今属山东）人。曾任冀州刺史、尚书令等职。据说他身体肥胖，患有皮肤病，所以怕风。

② 晋武帝：即司马炎，司马昭之子，后代魏称帝，建立晋朝。

③ 琉璃：一种有色半透明的矿石材料。屏：屏风，室内挡风或隔断视线的用具。

④ 吴牛：吴地的牛。

⑤ 见月而喘：据说吴地的牛怕热，见到月亮误认为是太阳，就喘起气来。

【译文】

满奋怕风，一次在晋武帝旁侍坐，北窗是琉璃窗，实际上很严密，看起来却像是稀疏透风，满奋看到后神色显得有些为难。武帝笑话他，满奋回答说：“我就好像是吴地的牛，看见月亮就喘起气来了。”

蔡洪赴洛

蔡洪赴洛①，洛中人问曰："幕府初开②，群公辟命③，求英奇于仄陋④，采贤俊于岩穴⑤。君吴楚之士⑥，亡国之余⑦，有何异才，而应斯举⑧？"蔡答曰："夜光之珠⑨，不必出于孟津之河⑩；盈握之璧⑪，不必采于昆仑之山⑫。大禹生于东夷⑬，文王生于西羌⑭，圣贤所出，何必常处！昔武王伐纣⑮，迁顽民于洛邑⑯，得无诸君是其苗裔乎⑰？"

【注释】

① 蔡洪：字叔开，吴郡（今江苏苏州）人，有才辩。初仕三国吴，西晋时官至松滋令。

② 幕府：将军府。古代军队出征时，将军在帐幕内办公，后称将军的府署为幕府。

③ 辟命：皇帝征召人才的命令。

④ 仄陋：即"侧陋"，指偏僻简陋的地方。

⑤ 采：这里是选取的意思。岩穴：山岩洞穴，借指僻陋之所。

⑥ 吴楚：春秋时吴国在长江下游江、浙一带，战国时楚国在长江中、下游及南方广大地区，后世常用吴、楚借指南方及东南一带。这里是指三国吴地。

⑦ 亡国：这里是指三国吴于公元280年为西晋所灭。余：残余。

⑧ 应斯举：参加这次征召。斯，此，这。

⑨ 夜光之珠：古代传说中的夜明珠，即隋侯珠。传说春秋时隋国国君救了一条蛇，蛇衔来明珠报恩，其珠"照夜如昼"，被视为稀世珍宝。

⑩ 孟津：在今河南孟津东北，是古黄河渡口。孟津之河，即指黄

河。

⑪ 盈握之璧：握着满把的玉璧。盈，满。璧，古代玉器，扁平而圆，中间有孔。

⑫ 昆仑：据传昆仑山北麓和田附近盛产美玉。

⑬ 大禹：传说为上古时代部落首领，奉舜命治理洪水，舜死后担任部落领袖，被后世尊为古代圣人。东夷：古代对东方各族的泛称。

⑭ 文王：即周文王姬昌，在他统治时期，周族强盛起来。其子武王灭商，建立周朝，追尊其为文王。西羌：西部的羌族，这里泛指古代西北地区的民族。

⑮ 武王：即周武王姬发。纣：即商纣王，商朝末代君王，是历史上有名的暴君。

⑯ 顽民：指商朝灭亡后，不顺从周朝统治的一些遗民。

⑰ 得无：莫非，大概，表示推测，语气倾向于肯定。苗裔：后代，后裔。

【译文】

蔡洪到京都洛阳，洛阳人问他："官府刚刚设置，众位公卿奉命延揽人才，要从卑微低贱者中寻求才能出众之人，从隐居山林者中选取才德贤明之士。您是南方人士，亡国遗民，有什么特异的才能，也来接受这一举荐呢？"蔡洪回答说："夜明珠不一定都出在孟津附近的黄河之中，满把都握不住的玉璧不一定都是从昆仑山开采到的。大禹出生在东夷，周文王出生在西羌，圣人贤人的出生，并不一定有固定的处所！当初周武王讨伐殷纣王，把殷商的顽民迁徙到洛阳，莫非你们诸位都是他们的后代吗？"

崔正熊诣都郡

崔正熊诣都郡[①]，都郡将姓陈[②]，问正熊："君去崔杼几世[③]？"答曰："民去崔杼，如明府之去陈恒[④]。"

【注释】

① 崔正熊：崔豹，字正熊，晋人，官至太傅丞。都郡：大郡。

② 都郡将：以其他郡的太守兼都督本郡军事的将官。

③ 崔杼：春秋时齐国大夫，其妻与齐庄公私通，他弑庄公而立景公。

④ 陈恒：春秋时齐国大夫，弑简公而立平公。

【译文】

崔正熊到了一个大郡，都郡将姓陈，他问正熊："您跟崔杼隔了有多少代了？"崔正熊回答说："小民距离崔杼的世代，正跟您距离陈恒的年代一样啊。"

过江诸人

过江诸人[①]，每至美日[②]，辄相邀新亭[③]，藉卉饮宴。周侯中坐而叹曰[④]：“风景不殊[⑤]，正自有山河之异[⑥]！”皆相视流泪。唯王丞相愀然变色曰[⑦]：“当共戮力王室[⑧]，克复神州[⑨]，何至作楚囚相对[⑩]！”

【注释】

① 过江诸人：西晋末年，北方动乱，中原一些世家大族到江南避乱。琅邪王司马睿（ruì）镇守建邺（不久改名建康，即今江苏南京），北方不少世家大族多前来投靠。西晋灭亡后，他在王导等人拥戴下称帝，建立东晋。过江诸人，即指来自北方、在东晋王朝中任职的士大夫们。江，指长江。

② 美日：天气晴和的日子。

③ 新亭：三国时吴国修建，故址在今江苏南京市南。

④ 周侯：即周顗，字伯仁，汝南安成（今河南平舆南）人，西晋、东晋时为官。因袭父爵为武城侯，故称周侯。后为王敦所害。中坐：饮宴中间。

⑤ 不殊：无异，相似。风景不殊，是说江南的风景与中原故土的同样美好。

⑥ 正自：只是。山河之异：意为眼前的山河与中原不一样，含有怀念故国的感情。

⑦ 愀（qiǎo）然：形容神色严肃。

⑧ 戮（lù）力：合力，并力。王室：朝廷。

⑨ 神州：泛指中国，这里是指中原。

⑩ 楚囚：楚国伶人钟仪做了晋国的俘虏，晋侯让他鼓琴，他奏“南

音”（即楚声），晋大夫范文子说他“乐操土风，不忘旧也”。后以“楚囚”借指流落他乡而心怀故国之人。

【译文】

到江南避难的那些人士，每逢风和日丽的日子，总是互相邀约来到新亭，坐在草地上饮酒会宴。一次，武城侯周颉在饮宴的中途，叹气说：“眼前的风景和旧时的中原没有什么不同，只是山河起了变化啊。”在座的各人相互对视，潸然泪下。只有丞相王导突然变了脸色，说：“现在大家正应该齐心合力扶助朝廷，收复中原，哪里至于像囚徒似的相对哭泣呢！”

梁国杨氏子

梁国杨氏子[①]，九岁，甚聪惠[②]。孔君平诣其父[③]，父不在，乃呼儿出，为设果，果有杨梅。孔指以示儿曰："此是君家果。"儿应声答曰[④]："未闻孔雀是夫子家禽[⑤]。"

【注释】

① 梁国：魏晋时期沿袭汉代郡国并置的制度，梁国治所在今河南商丘南。

② 聪惠：聪明。惠，通"慧"。

③ 孔君平：孔坦，字君平，东晋会稽山阴（今浙江绍兴）人，其祖上世居梁国。为人正直而有声望。

④ 应（yìng）：随声。形容应对敏捷。

⑤ 夫子：古代对男子的敬称。

【译文】

梁国一户杨姓人家的儿子，才九岁，很聪明。一次，孔君平来拜访他的父亲，父亲不在，家里就叫儿子出来，给孔君平摆上果品招待。果品中有杨梅，孔君平指着杨梅给他看，说："这是您家的家果呀。"他随声回答道："没听说过孔雀是您家的家鸟呢。"

谢仁祖年八岁

谢仁祖年八岁[①]，谢豫章将送客[②]。尔时语已神悟，自参上流[③]。诸人咸共叹之，曰："年少[④]，一坐之颜回[⑤]。"仁祖曰："坐无尼父[⑥]，焉别颜回？"

【注释】

① 谢仁祖：谢尚，字仁祖，晋陈郡阳夏（今河南太康）人，官至尚书仆射、镇西将军。

② 谢豫章：谢鲲，字幼舆，谢尚的父亲。曾任豫章太守。将：带领。

③ 自参上流：自己参与到上流人物之中。

④ 年少：少年，年轻人。

⑤ 颜回：字子渊，春秋时鲁国人，为孔子最得意的门生，以德行著称。

⑥ 尼父（fǔ）：即孔子，因他的字叫仲尼，所以尊称为尼父。父，古代对男子的尊称。

【译文】

谢仁祖八岁时，有一次，他的父亲、豫章太守谢鲲带着他送客。那时他在言谈中已经表现出奇特的悟性，自动参与到上流人物当中了。大家都赞叹说："这个少年，是在座各位当中的颜回呀。"谢仁祖说："座中没有孔夫子，哪能识别出颜回呢？"

庾法畅造庾太尉

庾法畅造庾太尉①，握麈尾至佳②。公曰："此至佳，那得在？"法畅曰："廉者不求，贪者不与，故得在耳。"

【注释】

① 庾法畅：一作"康法畅"，晋时和尚。

② 麈（zhǔ）尾：一种形状类似羽扇的物件，柄的左右饰以麈尾之毛。魏晋时期，名士们多善于清谈，谈论时一般手执麈尾，用来比画并增美自己的仪容。麈为古书上鹿一类的动物，尾巴可以做拂尘。

【译文】

庾法畅去拜会太尉庾亮，拿着的麈尾十分漂亮。庾亮问："这东西极其漂亮，怎么还能留得住呢？"法畅说："廉洁的人不会向我求取，贪婪的人我也不肯给他，所以就能留下来了。"

桓公北征

桓公北征[①]，经金城[②]，见前为琅邪时种柳，皆已十围[③]，慨然曰："木犹如此，人何以堪！"攀枝执条，泫然流泪[④]。

【注释】

① 桓公：即桓温，字元子，东晋谯国龙亢（今安徽怀远西北龙亢集）人。曾任南琅邪太守等职，后为荆州刺史，掌握长江上游兵权。三次北伐后，以大司马之职专擅朝政。

② 金城：地名，在江乘（今江苏句容北），为南琅邪郡治所。东晋南北朝时期战争频仍，人民流徙，诸国遇有州郡沦陷者，则以其旧名侨置于流民聚集之所。东晋在江乘境内设置琅邪郡，为了与北方的琅邪郡相区别，称南琅邪郡。

③ 围：量词，两臂合抱的圆周长为一围，一说两只手的拇指和食指合拢来的长度为一围。

④ 泫（xuàn）然：水滴下的样子，此处形容流泪的样子。

【译文】

桓温率军北伐时，经过金城，看到先前任南琅邪太守时栽的柳树都已经长到十围粗了，感慨地说道："树木尚且如此，人怎么能经得住岁月的消磨呢！"攀住树枝，抓着柳条，泪流不止。

顾悦与简文同年

顾悦与简文同年①，而发蚤白②。简文曰："卿何以先白？"对曰："蒲柳之姿③，望秋而落；松柏之质，经霜弥茂④。"

【注释】

① 顾悦：字君叔，东晋晋陵无锡（今属江苏）人，官至尚书左丞，是大画家顾恺之的父亲。简文：即简文帝司马昱（yù），原为会稽王，公元371年被桓温立为皇帝，次年即卒。

② 蚤：通"早"。

③ 蒲柳：即水杨，一种秋天较早凋落的树木。

④ 弥：更，愈加。

【译文】

顾悦与简文帝同岁，但是头发早早地变白了。简文帝问他："你为什么头发比我白得早呢？"顾悦回答说："蒲柳的资质差，一临近秋天就凋落了；松柏质地坚实，经历过秋霜更加茂盛。"

简文入华林园

简文入华林园[①]，顾谓左右曰："会心处不必在远，翳然林水[②]，便自有濠、濮间想也[③]，觉鸟兽禽鱼自来亲人。"

【注释】

① 华林园：宫苑名，在建康台城（今江苏南京鸡鸣山南古台城）内，三国时吴国修建，东晋时又加以整修。

② 翳（yì）然：浓荫遮蔽的样子。

③ 濠、濮间想：典出《庄子·秋水》，庄子和惠施游于濠、濮之上，认为水中的鱼很快乐。又，庄子在濮水钓鱼，楚威王派人来请他做官，庄子说他宁愿做污泥中的活龟，而不做宗庙里的死龟。后人遂以"濠、濮间想"来表示闲适惬意、自由自在的生活情趣。濠、濮均为水名，濠水在今安徽凤阳东北，水上有石，断绝水流，称为濠梁；濮水春秋时流经卫地，后已埋没。

【译文】

简文帝到华林园游玩，对身边的人说："令人心神交融的地方不一定在远处，树木蔽空，林水交映，很自然地便让人产生在濠梁、濮水上的那种逸情雅致，觉得鸟兽禽鱼都会自动与人亲近。"

谢太傅语王右军

谢太傅语王右军[①]，曰："中年伤于哀乐[②]，与亲友别，辄作数日恶。"王曰："年在桑榆[③]，自然至此，正赖丝竹陶写[④]，恒恐儿辈觉损欣乐之趣[⑤]。"

【注释】

① 谢太傅：即谢安，字安石，晋陈郡阳夏（今河南太康）人。早年隐居会稽东山，出仕后辅佐孝武帝外御强敌，内修德政，曾任尚书仆射、录尚书事等职。死后追赠太傅。太傅为官名，负责辅助皇帝处理国政，治理天下。王右军：即王羲之，字逸少，晋琅邪临沂（今属山东）人，为东晋著名书法家。曾任右军将军、会稽内史，世称王右军。

② 哀乐：此处为偏义复词，偏指"哀"，"乐"字无义。

③ 桑榆：本指被落日余晖照射的桑树和榆树，转指夕阳、黄昏，这里用来指人的晚年。

④ 陶写：陶冶宣泄。

⑤ 觉损：减少。

【译文】

太傅谢安对王羲之说："人到中年，往往由于悲哀情绪而伤怀，和亲友分别，总有好几天心绪低落。"王羲之说："晚年光景自然是这样的，只能依赖丝竹管弦消愁怡情，不过呢，又常常担心由于自己的原因而使子侄们减少了欢乐的情趣。"

王右军与谢太傅共登冶城

王右军与谢太傅共登冶城①。谢悠然远想②，有高世之志③。王谓谢曰："夏禹勤王④，手足胼胝⑤；文王旰食⑥，日不暇给。今四郊多垒⑦，宜人人自效⑧，而虚谈废务⑨，浮文妨要⑩，恐非当今所宜。"谢答曰："秦任商鞅⑪，二世而亡⑫，岂清言致患邪⑬？"

【注释】

① 冶城：故址在今江苏南京，原为三国吴冶铸之处。

② 悠然：闲适自得的样子。

③ 高世：超脱世俗。

④ 夏禹：即大禹。勤王：勤劳国事。

⑤ 胼胝（pián zhī）：即趼（jiǎn）子，是手掌、脚掌上因长期劳动、摩擦而生成的硬皮。

⑥ 旰（gàn）食：晚食，天色晚了才吃饭，形容勤于政务。

⑦ 四郊多垒：指四境都有战事，国家处于战乱之中。垒，军营四周筑起的堡垒。

⑧ 效：效力，尽力。

⑨ 虚谈：玄虚空泛的议论，指清谈。废务：荒废了正当的事务。

⑩ 浮文：浮华而不实际的文辞。妨要：妨害了重要的事情。

⑪ 商鞅：战国时卫国人，也称卫鞅。在秦孝公时任左庶长，实行变法，执政十九年，曾两次实行变法，奠定了秦国富强的基础。因封在商而名商鞅。秦孝公死后，被陷害车裂而死。

⑫ 二世而亡：从秦始皇统一六国到秦二世亡国，仅历两代。

⑬ 清言：也称清谈、玄谈，是魏晋时期崇尚老庄、谈论玄理的一种风气。

【译文】

王羲之和谢安一起登上冶城。谢安悠闲地凝神遐想，有超世脱俗的志趣。王羲之对他说："夏禹为国事辛劳，手脚都长了趼子；周文王忙到天黑才吃上饭，时间总是不够用。如今国家处于战乱之中，人人都应当自觉贡献自己的力量。而空谈荒废了政务，浮辞妨害了国事，恐怕不是当前所应该做的吧。"谢安回答说："秦国任用商鞅，可是秦国只传了两代就灭亡了，难道那也是清谈所造成的灾祸吗？"

谢太傅寒雪日内集

谢太傅寒雪日内集[①]，与儿女讲论文义[②]。俄而雪骤，公欣然曰："白雪纷纷何所似？"兄子胡儿曰[③]："撒盐空中差可拟[④]。"兄女曰[⑤]："未若柳絮因风起。"公大笑乐[⑥]。即公大兄无奕女，左将军王凝之妻也[⑦]。

【注释】

① 内集：家庭内部的聚会。

② 儿女：这里泛指家庭晚辈。文义：与诗文有关的道理。

③ 胡儿：谢朗，字长度，小字胡儿，谢安次兄谢据的长子。

④ 差：大略，差不多。

⑤ 兄女：这里指谢道韫（yùn），谢安长兄谢奕（字无奕）的女儿，聪明有才识，有诗文传世。

⑥ 公：指谢安。

⑦ 王凝之：字叔平，是王羲之第十二子，谢道韫的丈夫。曾任江州刺史、左将军，后为孙恩领导的起义军所杀。

【译文】

太傅谢安在一个寒冷的下雪天，把家人聚在一起，和晚辈们讲论文章的义理。一会儿，雪下大了，谢安兴致勃勃地问："纷纷飘扬的白雪看上去像什么呢？"侄子胡儿说："把盐撒在空中，差不多就是这个样子。"侄女说："不如说像柳絮乘风飘舞！"谢安大笑，十分高兴。这个侄女就是谢安长兄谢无奕的女儿，左将军王凝之的妻子。

晋武帝每饷山涛恒少

晋武帝每饷山涛恒少[①]。谢太傅以问子弟，车骑答曰[②]：“当由欲者不多，而使与者忘少。”

【注释】

① 山涛：字巨源，魏末晋初河内怀县（今属河南）人，“竹林七贤”之一，曾任吏部尚书等职。

② 车骑：将军的名号，这里指谢安的侄儿谢玄。谢玄，字幼度，曾率军抵御前秦，在淝水大败苻坚，并进而收复北方失地。死后追赠车骑将军。

【译文】

晋武帝司马炎每次赏赐给山涛的物品总是很少。谢安就这件事问子侄等人，谢玄回答说：“这该是领受的人要求不多，才使赐给的人不觉得少呀。”

顾长康从会稽还

顾长康从会稽还①，人问山川之美，顾云：“千岩竞秀②，万壑争流③，草木蒙笼其上④，若云兴霞蔚⑤。”

【注释】

① 顾长康：顾恺之，字长康，东晋晋陵无锡（今属江苏）人。曾任桓温和殷仲堪的参军，官至通直散骑常侍。多才艺，工诗赋、书法，尤以绘画闻名于世。

② 千岩：群山。千，形容多。岩，指高峻陡峭的山峰。

③ 万壑：指众多的泉溪河流。万，形容多。壑，沟壑。

④ 蒙笼：覆盖遮蔽，形容草木茂盛的样子。

⑤ 云兴霞蔚：云霞兴起的样子，形容绚丽多彩。

【译文】

顾长康从会稽回来，人们问他那里山水的秀丽情况，顾长康说：“千峰竞相比美，万壑争相奔流，花草树木笼罩在上面，好像是彩云兴起，霞光流动。”

王子敬云

王子敬云[1]："从山阴道上行[2]，山川自相映发[3]，使人应接不暇。若秋冬之际，尤难为怀[4]。"

【注释】

① 王子敬：王献之，字子敬，琅邪临沂（今属山东）人。东晋著名书法家，与其父王羲之齐名，世称"二王"。官至中书令。

② 山阴：东晋会稽治所，今浙江绍兴。东晋时期，江南太湖流域世家大族较多，其中一些迁徙到浙东会稽一带安置家园。王羲之辞官后即定居于此。

③ 自相映发：交相辉映的意思。

④ 尤难为怀：特别使人难以忘怀。

【译文】

王子敬说："在山阴的路上行走，一路上山川景色交相辉映，使人目不暇接。如果是在秋冬之交，风景之美更加令人难以忘怀。"

政事第三

陈仲弓为太丘长

陈仲弓为太丘长，有劫贼杀财主[①]，主者捕之[②]。未至发所[③]，道闻民有在草不起子者[④]，回车往治之。主簿曰："贼大，宜先按讨。"仲弓曰："盗杀财主，何如骨肉相残？"

【注释】

① 财主：财物的主人。

② 主者：主管的官吏。

③ 发所：案发地点。

④ 在草：妇人分娩。起：养育。

【译文】

陈仲弓担任太丘长时，有强盗图财杀人，主管的官吏捕获了强盗。陈仲弓前往处理。还没有赶到案发地点，在路上听说有一家百姓生了孩子却不肯喂养，便掉转车头去处理这件事。主簿说："杀人事大，应当先查办。"陈仲弓说："强盗杀物主，哪里比得上骨肉相残更严重？"

贺太傅作吴郡

贺太傅作吴郡[①]，初不出门，吴中诸强族轻之[②]，乃题府门云："会稽鸡，不能啼。"贺闻，故出行，至门反顾，索笔足之曰："不可啼，杀吴儿。"于是至诸屯邸[③]，检校诸顾、陆役使官兵及藏逋亡[④]，悉以事言上，罪者甚众。陆抗时为江陵都督[⑤]，故下请孙皓[⑥]，然后得释。

【注释】

① 贺太傅：贺邵，字兴伯，三国时吴国会稽山阴（今浙江绍兴）人，曾任吴郡太守。

② 吴中：指吴郡的治所吴（今江苏苏州）。

③ 屯邸：庄园。

④ 检校：检查。逋亡：逃亡，这里指战乱时期为躲避赋役而藏匿到豪门大族中并为他们做苦役的无户籍者。

⑤ 陆抗：字幼节，是陆机的父亲，曾任大司马、荆州牧。

⑥ 下：这里是指往下游去。孙皓：字元宗，孙权的孙子，吴国末代君王，荒淫残暴，不理政事。陆抗当时在位于长江上游的江陵（今属湖北），孙皓在位于长江下游的建业（今江苏南京）。

【译文】

贺邵担任吴郡太守，刚到任时从不出门，吴中各家豪门世族都轻视他，在他的官府大门上写道："会稽鸡，不能啼。"贺邵听说后，特意出门，走出大门后回过头看看，要了笔在已有的两句下面补写道："不可啼，杀吴儿。"于是，他到各个大族的庄园，严格核查顾姓、陆姓两大家族中奴役官兵以及窝藏逃亡人口的情况，然后把查得的事实全都报告朝廷，获罪的人非常多。陆抗当时担任江陵都督，特地顺江而下到孙皓面前求情，然后才得到赦免。

山司徒前后选

山司徒前后选[①]，殆周遍百官，举无失才。凡所题目[②]，皆如其言。唯用陆亮[③]，是诏所用，与公意异，争之，不从。亮亦寻为贿败。

【注释】

① 山司徒：即山涛。山涛仕魏，曾任尚书吏部郎，入晋后担任吏部尚书，前后负责选拔人才达十余年。

② 题目：这里是指对人才的品评、评价。

③ 陆亮：字长兴，晋武帝接受贾充的推举，任命他为吏部郎，不久即因罪免官。

【译文】

司徒山涛前前后后选拔官员，几乎遍及了朝廷内外百官，举荐时一个人才都没有过疏漏。凡是他品评过的人物，事实上都与他所说的一样。只有任用陆亮是皇帝命令要用的，与山涛的意见不一致，他为这事争辩过，皇帝没有听从。不久，陆亮因为受贿而丢了官。

王安期为东海郡

王安期为东海郡[①]，小吏盗池中鱼，纲纪推之[②]。王曰："文王之囿[③]，与众共之。池鱼复何足惜！"

【注释】

① 王安期：王承，字安期，晋人。曾任东海太守等职。东海：郡名，治所在今山东郯城北。

② 纲纪：这里指郡主簿。推：查究。

③ 囿（yòu）：天子诸侯养禽兽用于打猎的地方。

【译文】

王安期担任东海太守时，有小吏偷了池塘里的鱼，郡主簿要查究这件事。王安期说："周文王打猎的苑囿，应和人们一起利用呀。池塘的鱼又有什么值得吝惜的呢！"

丞相末年

丞相末年[①]，略不复省事[②]，正封箓诺之[③]。自叹曰："人言我愦愦[④]，后人当思此愦愦。"

【注释】

① 丞相：这里指丞相王导。

② 略：几乎，大概。省事：处理政事。

③ 箓（lù）：簿籍文书。诺：这里是指在文书上批字或签名表示同意。

④ 愦愦（kuì kuì）：糊涂，大脑不清晰。

【译文】

丞相王导晚年时，几乎不再处理政事，只是在文书上签字许可。他自己叹息说："现在人家说我糊涂，后人或许会想念我的这种糊涂啊。"

陶公性检厉

陶公性检厉[1]，勤于事。作荆州时[2]，敕船官悉录锯木屑[3]，不限多少。咸不解此意[4]。后正会[5]，值积雪始晴[6]，听事前除雪后犹湿[7]，于是悉用木屑覆之，都无所妨。官用竹，皆令录厚头[8]，积之如山。后桓宣武伐蜀[9]，装船[10]，悉以作钉。又云，尝发所在竹篙[11]，有一官长连根取之，仍当足[12]，乃超两阶用之[13]。

【注释】

① 陶公：即陶侃，东晋时名将。他一生勤谨，自强不息。检厉：方正严肃。

② 作荆州：这里是指陶侃作荆州刺史。

③ 敕（chì）：告诫，命令。悉录：全部收藏。悉，尽，全。录，收集，收藏。

④ 咸：全，都。

⑤ 正会：旧时新年时州里的官员集会。

⑥ 值：遇上，正赶上。

⑦ 听事：官府办公的厅堂。听，同“厅”。除：台阶。

⑧ 厚头：厚实的竹根。

⑨ 桓宣武：即桓温，东晋人，曾任大司马。宣武是他死后的谥号。

⑩ 装：安装，修造。

⑪ 发：征收，征调。

⑫ 连根取之，仍当足：意思是，不将竹竿的根部截掉，而是用竹根来代替船篙的铁篙头。通常在撑船用的竹篙的下端包上铁制的篙头，这位官员这样做，便节省了专门做铁篙头的费用。

⑬ 阶：指官职的级别。用：任用。

【译文】

陶侃性喜节俭，勤于政事。他担任荆州刺史时，命令船官将锯木时的木屑不管多少，全部收集起来。大家当时都不明白他的用意。后来州里官员集会，正巧是大雪过后刚天晴，厅堂前面的台阶还很湿滑，他便让人用木屑覆盖在上面，人们来来往往方便多了。官方用竹，他命令将厚实的竹根全部收集起来，堆积得跟小山一样。后来大司马桓温出兵伐蜀时，修造船只，竹根便全部拿来用作造船的竹钉。又有一回，朝廷向下面征调竹篙，有一位官员连竹根一起取材，以竹根代替平常铁制的篙头。于是，陶侃便将这位官员提拔了两级。

桓公在荆州

桓公在荆州，全欲以德被江、汉①，耻以威刑肃物②。令史受杖③，正从朱衣上过。桓式年少④，从外来，云："向从阁下过，见令史受杖，上捎云根，下拂地足。"意讥不着。桓公云："我犹患其重。"

【注释】

① 被：覆盖。

② 肃物：惩治人。

③ 令史：官名，主管文书。

④ 桓式：桓歆，字叔道，小字式，是桓温第三子，官至尚书。

【译文】

桓温担任荆州刺史时，一心想用恩德为江、汉一带的百姓造福，耻于用威力刑罚来惩治人。一次，一位令史受到杖刑，木棍只是从他的红衣上蹭过去。那时桓式年纪还小，从外面进来，对桓温说："我刚才从官署前面经过，见到令史受到杖刑，木棍举起来高高地擦到了云脚，落下时轻轻地拂过地面。"意思是讥讽木棍没有打着令史。桓温说："就算这样，我也还担心打得重了啊。"

简文为相

简文为相，事动经年[①]，然后得过。桓公甚患其迟，常加劝勉。太宗曰：“一日万机，那得速！”

【注释】

① 动：动辄，动不动。

【译文】

简文帝司马昱担任丞相时，每处理一件政事，动不动就要超过一年的时间才能完成。桓温十分担心这样处理政务太缓慢了，经常进行劝勉。简文帝说：“每天有成千上万件事情要办，哪快得了呢！”

殷仲堪当之荆州

殷仲堪当之荆州[①]，王东亭问曰[②]：“德以居全为称[③]，仁以不害物为名。方今宰牧华夏，处杀戮之职，与本操将不乖乎[④]？”殷答曰：“皋陶造刑辟之制[⑤]，不为不贤；孔丘居司寇之任[⑥]，未为不仁。”

【注释】

① 殷仲堪：晋陈郡长平（今河南西华东北）人，曾任都督荆益宁三州军事、荆州刺史，后与桓玄相攻伐，兵败被杀。荆州：州名，治所在今湖北江陵。

② 王东亭：王珣，字元琳，是丞相王导的孙子，曾任桓温手下的主簿，又任尚书左仆射，封东亭侯。

③ 居全：这里指具备完美的德行。称：名称，称号。

④ 本操：原来的操守。将不：莫非，大概，表示猜测，偏向于肯定之意。

⑤ 皋陶（yáo）：舜时的法官。刑辟：刑法。

⑥ 司寇：春秋战国时期掌管刑狱、司法的官职。孔子曾担任鲁国的司寇一职。

【译文】

殷仲堪将要前往荆州担任刺史，王珣问他说：“品格完美称得上德，不伤害人才称得上仁。如今你要去治理中部地区，处在有诛杀性命之权的职位上，这与你原来的操守恐怕有违背吧？”殷仲堪回答说：“皋陶制定了刑法制度，他不算是不贤德；孔子担任鲁国司寇的职务，也不算是不仁爱呀。”

文学第四

郑玄在马融门下

郑玄在马融门下[①]，三年不得相见，高足弟子传授而已。尝算浑天不合[②]，诸弟子莫能解。或言玄能者，融召令算，一转便决[③]，众咸骇服[④]。及玄业成辞归，既而融有“礼乐皆东”之叹[⑤]，恐玄擅名而心忌焉[⑥]。玄亦疑有追，乃坐桥下，在水上，据屐[⑦]。融果转式逐之，告左右曰：“玄在土下水上而据木，此必死矣。”遂罢追。玄竟以得免。

【注释】

① 郑玄：字康成，东汉北海高密（今属山东）人，东汉经学家。他遍注群经，以古文经说为主，兼采今文经说，成为汉代经学的集大成者，其学说称为郑学。马融：字季长，东汉扶风茂陵（今陕西兴平东北）人，古代著名经学家。遍注群经，使古文经学达到成熟的地步。他常有生徒千余人，讲学时高坐堂上，施绛纱帐，前授生徒，后列女乐，这对后来魏晋清谈家的废弃礼教有一定影响。郑玄曾从他学古文经。

② 浑天：古代解释天体的一种学说，认为天体浑圆，天和天上的日月星辰每天绕南北两极不停地旋转。

③ 一转：即转式。式是当时由上面的天盘和下面的地盘组成、根据阴阳五行与天象历法制成的一种转盘式的器具，观察天象、制定历法和占卜时日吉凶时转动天盘，而地盘不动，叫作“转式”或“旋式”。

④ 骇服：惊异佩服。

⑤ 礼乐皆东：礼乐等学术都向东去了。马融在今陕西，郑玄学成后将回今山东，故有此说。

⑥ 擅名：大有名望。

⑦ 据屐（jī）：踏在木屐上。屐，一种木制的鞋，底有二齿，可以在泥地里行走。

【译文】

郑玄在马融门下学习，三年都没能见到马融，只是由其高才弟子向他传授学问而已。马融曾有一次按浑天说运算天象，结果不相符合，弟子当中没有能解决的。有人说郑玄能算出，马融就召他来运算，结果郑玄把式盘一转就解决了，大家全都惊异佩服。当郑玄完成学业告辞回家时，马融发出“礼乐的中心将向东转移了”的慨叹，担心郑玄独享名望，心里很忌恨他。郑玄也怀疑有人追赶自己，便坐在桥底下，在水面上用木屐垫着。马融果然旋转式盘搜索郑玄身在何处，然后对身边的人说：“郑玄在土下水上，身体靠着木头，这说明他一定是死啦。”于是停止追赶。郑玄居然这样免去了一死。

郑玄欲注《春秋传》

郑玄欲注《春秋传》[①]，尚未成时，行与服子慎遇，宿客舍[②]，先未相识。服在外车上与人说己注《传》意，玄听之良久[③]，多与己同。玄就车与语曰[④]："吾久欲注，尚未了[⑤]。听君向言[⑥]，多与吾同。今当尽以所注与君。"遂为《服氏注》[⑦]。

【注释】

① 《春秋传》：即《春秋左氏传》，简称《左传》，相传著者为左丘明。

② 行：出行，出门。服子慎：服虔，字子慎，东汉河南荥（xíng）阳（今属河南）人。曾任九江太守。著有《春秋左氏传解谊》。

③ 良久：很久。

④ 就车：走近车子。

⑤ 了：完成。

⑥ 向言：刚才说的话。

⑦ 《服氏注》：即《春秋左氏传解谊》。唐代孔颖达编撰《左传正义》时专用晋杜预注，《服氏注》便逐渐亡佚了。

【译文】

郑玄想注释《春秋传》，还没有写成，一次外出和服子慎相遇，同住在一家客店里，起先两人并不相识。服子慎在店外的车子上和别人说到自己注释《春秋传》的大意，郑玄听了很久，发现服子慎的见解多数和自己的相同。郑玄就走近车子，对服子慎说："我很久以来就想为这部书作注，现在还没有完成。听了您刚才的谈论，多数见解和我的相同。现在我应当把自己作的注释全部送给您。"服子慎于是就完成了《春秋左氏传》的《服氏注》。

服虔既善《春秋》

服虔既善《春秋》[①]，将为注，欲参考同异。闻崔烈集门生讲传[②]，遂匿姓名，为烈门人赁作食[③]。每当至讲时，辄窃听户壁间。既知不能逾己，稍共诸生叙其短长。烈闻，不测何人，然素闻虔名，意疑之。明蚤往[④]，及未寤，便呼："子慎！子慎！"虔不觉惊应，遂相与友善。

【注释】

① 《春秋》：这里指《春秋左氏传》。

② 崔烈：字威考，东汉人，世传《左传》，曾任司徒、太尉。传：解说经义的文字。

③ 赁：受雇用。

④ 蚤：通"早"。

【译文】

服虔精通了《春秋左氏传》，将要为它作注释，想参考各家相同或不同的意见。听说崔烈在聚集学生讲授《春秋左氏传》，便隐姓埋名，受雇替崔烈的学生们做饭。每到崔烈讲授时，他便在门外偷听。当了解到崔烈的注解不能超过自己的以后，他才渐渐地和学生们谈论起崔烈讲授内容的优点和缺点。崔烈听说后，猜测不出是什么人，但是平素听说过服虔的名声，心里怀疑是他。第二天一早，崔烈前去拜访，趁着服虔尚未醒来，便突然喊道："子慎！子慎！"服虔下意识地惊醒应答，从此，两人成了要好的朋友。

钟会撰《四本论》始毕

钟会撰《四本论》始毕[①]，甚欲使嵇公一见[②]。置怀中，既定[③]，畏其难[④]，怀不敢出，于户外遥掷，便回急走。

【注释】

① 钟会：字士季，三国时魏国人，为著名书法家钟繇（yóu）之子。官至司徒，后因谋反被杀。《四本论》：一篇讨论才性同异的文章。四本指的是才性同、才性异、才性合、才性离。

② 嵇公：指嵇康，字叔夜，三国时魏谯郡（今安徽宿州）人，"竹林七贤"之一，曾任中散大夫，因遭钟会构陷，被司马昭杀害。

③ 既定：指已经打定主意。

④ 难（nàn）：驳难，质难。

【译文】

钟会的《四本论》刚刚完成，很想让嵇康看看。他把稿子放在怀里，已经打定了主意，又害怕嵇康当面质难，揣着不敢拿出来，后来从门外远远地把稿子扔进去，就掉头快步跑了。

客问乐令“旨不至”者

客问乐令“旨不至”者[①]，乐亦不复剖析文句，直以麈尾柄确几曰[②]：“至不？”客曰：“至。”乐因又举麈尾曰：“若至者，那得去？”于是客乃悟服。乐辞约而旨达，皆此类。

【注释】

① 乐令：指尚书令乐广。“旨不至”：语出《庄子·天下》，原文为“指不至，至不绝”，意思是指向一个物体并不能达到物体的实质，即使达到了也不能绝对地穷尽它。这是当时清谈家谈论的一个常见话题。

② 确：敲击。

【译文】

有位客人问尚书令乐广“旨不至”这话是什么意思，乐广并不解释原话中的文句，而是直接用麈尾柄敲着桌面，问：“达到了没有？”客人回答说：“达到了。”乐广接着又举起麈尾，问：“如果是达到了，又怎么能离开呢？”客人听了，便领悟过来，表示信服。乐广言简而意明，大都像这个例子一样。

卫玠始度江

卫玠始度江①，见王大将军②，因夜坐，大将军命谢幼舆③。玠见谢，甚悦之，都不复顾王，遂达旦微言，王永夕不得豫④。玠体素羸⑤，恒为母所禁，尔夕忽极⑥，于此病笃，遂不起。

【注释】

① 卫玠：晋代名士。度：同“渡”。

② 王大将军：即王敦，字处仲，晋琅邪临沂（今属山东）人。与堂兄王导倾力扶持司马睿建立东晋，任大将军。又为荆州刺史，拥重兵屯据武昌。后以“清君侧”为名起兵谋反。

③ 谢幼舆：即谢鲲，字幼舆，曾任豫章太守。

④ 永夕：整夜。豫：通“与”，参与，参加。

⑤ 羸（léi）：身体瘦弱。

⑥ 忽极：极度疲劳。

【译文】

卫玠开始渡江南下时，去拜见大将军王敦，继而夜坐清谈，王敦便叫来谢幼舆一起谈论。卫玠见到谢幼舆，非常喜欢，全然顾不上搭理王敦，两人便一直谈到第二天清晨，王敦一整夜也没能插上话。卫玠一向身体瘦弱，一向被母亲禁止如此长谈，这一夜突然感到十分疲倦，从此病势沉重，终于卧床不起。

褚季野语孙安国

褚季野语孙安国[①]，云："北人学问[②]，渊综广博[③]。"孙答曰："南人学问，清通简要。"支道林闻之[④]，曰："圣贤固所忘言[⑤]。自中人以还[⑥]，北人看书，如显处视月[⑦]；南人学问，如牖中窥日[⑧]。"

【注释】

① 褚季野：褚裒（póu），字季野，晋河南阳翟人。曾任兖州刺史等。为人性格深沉持重，虽对别人不加褒贬，但心中却是非分明。孙安国：孙盛，字安国，曾任秘书监等职。

② 北：指黄河以北。下文的"南"指黄河以南。

③ 渊综：深厚而能综合概括。

④ 支道林：支遁，字道林，晋陈留（今属河南）人。本姓关，因曾隐居支硎山，世称支公，又称林公，是晋时著名高僧。

⑤ 忘言：心中明白，无须以语言表达出来。

⑥ 中人：中等资质的人。

⑦ 显处视月：意思是视野虽广阔，却很难视察周详。

⑧ 牖（yǒu）中窥日：意思是视野虽狭小，但较易审视精细。牖，窗户。

【译文】

褚季野对孙安国说："北方人做学问，深厚渊博而且融会贯通。"孙安国回答说："南方人做学问，清朗通达而且简练扼要。"支道林听后，说道："对于圣贤之人，本来就无须评说。从中等资质以下的人来观察的话，北方人读书，好像站在显亮之处看月亮；南方人做学问，如同从窗户里向外看太阳。"

人有问殷中军

人有问殷中军[①]："何以将得位而梦棺器[②]，将得财而梦矢秽[③]？"殷曰："官本是臭腐，所以将得而梦棺尸；财本是粪土，所以将得而梦秽污。"时人以为名通[④]。

【注释】

① 殷中军：殷浩，字渊源，东晋陈郡长平（今河南西华东北）人。青年时即以善谈玄学享有盛名，曾屡辞征召，时人将他比作管仲和诸葛亮。也有人说他是徒有虚名的清谈家。后出任中军将军等职，受命北伐，大败而归。桓温乘机上疏攻击，被废为庶人。

② 位：这里指官位，爵位。棺器：棺材。

③ 矢秽：粪便秽物。矢，同"屎"。

④ 名通：名言，高论。通，魏晋名士清谈时，陈述自己的意见叫作"通"，这里用作名词。

【译文】

有人问殷浩："为什么将要得到官位时却会梦见棺材，将要得到钱财时却会梦见粪便呢？"殷浩说："官位本来就是腐臭的东西，所以将要得到时就梦见棺材和尸体；钱财本来就是粪土，所以将要得到时就梦见污浊的东西。"当时人们把这句话当成名言。

谢公因子弟集聚

谢公因子弟集聚[①]，问《毛诗》何句最佳[②]。遏称曰[③]：“昔我往矣，杨柳依依；今我来思，雨雪霏霏[④]。”公曰：“讦谟定命，远猷辰告[⑤]。”谓此句偏有雅人深致[⑥]。

【注释】

① 谢公：指谢安。因：趁着。子弟：这里指子侄辈。

② 《毛诗》：即《诗经》。汉代所传《诗经》有鲁、齐、韩、毛四家，《毛诗》系由战国时鲁国人毛亨（世称大毛公）、赵国人毛苌（cháng）（世称小毛公）所传授。后鲁、齐、韩三家诗先后衰亡，《毛诗》则得东汉郑玄作笺，唐代孔颖达作疏，流传至今。

③ 遏（è）：即谢玄，字幼度，小名遏，是谢安的侄子。

④ “昔我……霏霏”：语出《诗经·小雅·采薇》，意思是，回想当年出征的时候，杨柳随风轻轻摆动；如今回到家乡，大雪纷纷漫天飘扬。依依，轻柔的样子。思，语气词。雨（yù）雪，下雪。雨，作动词用。霏霏，形容雪大而密，纷纷扬扬的样子。

⑤ “讦谟定命，远猷辰告”二句：语出《诗经·大雅·抑》，意思是，要有宏大的谋略，还要确定政令加以推行；要有远大的计划，还要随时宣告公布。讦（xū），大。谟，谋划。定命，按一定的命令去执行。猷（yóu），计划。辰告，随时宣告。

⑥ 偏：最，特别。雅人深致：风雅之人所具有的深远的情致。

【译文】

谢安在和子侄们聚会的时候，问大家《毛诗》中哪一句最好。谢玄说：“昔我往矣，杨柳依依；今我来思，雨雪霏霏。”谢安说：“讦谟定命，远猷辰告。”他认为这一句最有高尚人士的深远情致。

文帝尝令东阿王七步中作诗

文帝尝令东阿王七步中作诗①，不成者行大法②。应声便为诗曰："煮豆持作羹③，漉菽以为汁④。萁在釜下然⑤，豆在釜中泣。本自同根生，相煎何太急！"帝深有惭色。

【注释】

① 文帝：指魏文帝曹丕，字子桓，曹操的次子。220年代汉自立，国号魏，在位七年，死后谥文皇帝。东阿王：指曹植，字子建，曹丕的同母弟。自幼文才富艳，深得曹操喜爱。后曹丕、曹睿父子相继为帝，备受猜忌，郁闷而终。曾封为东阿王，后进封陈王。谥号思，世称陈思或陈思王。他是建安时期成就最高的诗人。

② 行大法：处以死刑。

③ 羹（gēng）：指用肉或菜调和五味而成的稠汤。

④ 漉（lù）：滤出。菽（shū）：豆类的总称。

⑤ 萁（qí）：豆茎。釜（fǔ）：锅。然：同"燃"。

【译文】

魏文帝曹丕命令弟弟东阿王曹植在走完七步的时间里作成一首诗，作不出的话就要施以死刑。曹植随声就作出一首诗："煮豆持作羹，漉菽以为汁。萁在釜下然，豆在釜中泣。本自同根生，相煎何太急！"魏文帝听了，脸上现出非常惭愧的神色。

左太冲作《三都赋》初成

左太冲作《三都赋》初成[①]，时人互有讥訾[②]，思意不惬[③]。后示张公[④]，张曰："此二京可三[⑤]，然君文未重于世，宜以经高名之士。"思乃询求于皇甫谧[⑥]。谧见之嗟叹[⑦]，遂为作叙[⑧]。于是先相非贰者[⑨]，莫不敛衽赞述焉[⑩]。

【注释】

① 左太冲：左思，字太冲，西晋齐国临淄（今属山东）人。出身寒微，不好交游。他是太康时杰出的诗人，用十年时间搜集材料，考核事实，写成《三都赋》才闻名于世。三都：指三国魏都邺（今河北临漳西南）、蜀都益州（今四川成都）、吴都建业（今江苏南京）。赋：一种文体，讲究文辞和韵律，兼有韵文和散文的特点，一般用于写景叙事或抒情说理。

② 讥訾（zǐ）：讥笑，诋毁。

③ 不惬（qiè）：不满意。不愉快。

④ 示：给人看。张公：即张华，字茂先，西晋范阳方城（今河北固安南）人。曾任中书令等职，后被赵王司马伦杀害。博学多闻，颇有时望，著有《博物志》。

⑤ 二京：指描写西汉都城长安和东汉都城洛阳的班固《两都赋》和张衡《二京赋》。可三：指《三都赋》可以和《两都赋》《二京赋》鼎足而立，三者齐名。三，用为动词。

⑥ 询求：征求意见，请教。皇甫谧（mì）：字士安，魏晋间安定朝那（今属甘肃）人。博览群书，极有名望，屡受征召皆不出仕，著有《高士传》。

⑦ 嗟叹：感叹。

⑧ 叙：同“序”。

⑨ 非贰：非议，不以为然。贰，怀疑。

⑩ 敛衽(rèn)：提起衣襟夹于带间，表示恭敬。赞述：赞美称道。

【译文】

左思创作《三都赋》刚刚完成，当时的人交相讥笑非议，左思心里很不舒服。后来他把文章拿给张华看，张华说：“这部作品可以与《两都赋》《二京赋》放到一起鼎足而三，可是您的文章尚未在社会上受到重视，应当拿去经过知名人士评价推荐。”左思便请教并求助于皇甫谧。皇甫谧看了这篇赋后，大加赞扬，就为它写了序文。从此以后，先前表示非难怀疑的人，无不恭恭敬敬地赞扬传述它了。

庾仲初作《扬都赋》成

庾仲初作《扬都赋》成[①]，以呈庾亮。亮以亲族之怀，大为其名价云："可三《二京》，四《三都》。"于此人人竞写，都下纸为之贵[②]。谢太傅云："不得尔，此是屋下架屋耳。事事拟学，而不免俭狭[③]。"

【注释】

① 庾仲初：庾阐，字仲初，曾任散骑侍郎、给事中等职。《扬都赋》：庾阐仿班固、张衡和左思的作品而作，铺陈东晋都城、扬州治所建康（今江苏南京）的山川风物、都市繁华等情况。

② 都下：京城，这里指东晋京城建康。

③ 俭狭：贫乏，狭隘。

【译文】

庾仲初写成了《扬都赋》，把它送给庾亮看。庾亮出于和他同宗的情意，高度评定了它的身价，说这篇赋可以同《二京赋》并列而成"三京"，同《三都赋》并列而成"四都"。于是人人争相传抄，京城的纸价也因此而高涨。太傅谢安说："不能这样啊，这是在高屋之下架屋。写文章处处模仿，作品就会内容贫乏而视野狭窄。"

方正第五

陈太丘与友期行

陈太丘与友期行[①]，期日中[②]。过中不至，太丘舍去[③]，去后乃至[④]。元方时年七岁，门外戏。客问元方："尊君在不[⑤]？"答曰："待君久不至，已去。"友人便怒曰："非人哉[⑥]！与人期行，相委而去[⑦]！"元方曰："君与家君期日中，日中不至，则是无信；对子骂父，则是无礼。"友人惭，下车引之[⑧]。元方入门不顾[⑨]。

【注释】

① 陈太丘：即陈寔，汉代人，曾任太丘官长，故称陈太丘。下文元方是他的儿子。期行：相约一起上路。

② 日中：中午。

③ 舍去：离去。舍，离开。

④ 去后乃至：这句话省略了主语"友"，是说那位友人在陈寔走后才赶到。

⑤ 尊君：晋人的习惯是称父为君，尊君为对别人的父亲的尊称。下文"家君"用于称自己的父亲。

⑥ 非人哉：不是人啊。这是骂人的话。

⑦ 委：舍弃。

⑧ 引：拉。

⑨ 顾：回头看。

【译文】

陈太丘与友人相约一起上路，时间约在中午。过了中午，友人还没有来，太丘就先走了。友人在他走后才赶到他家。元方当时七岁，在门外玩耍。友人问元方："令尊在家么？"元方回答说："他等您很长时间不来，已经走了。"友人听了，发火道："真不是人哪！跟人约好了一起走，竟然把人家甩下自己走啦！"元方说："您与家父约好的时间是中午，到了中午您没来到，是无信的表现；现在又对着人家的儿子骂他的父亲，是无礼的表现。"听了元方的话，友人很惭愧，下车来用手拉元方，表示亲热。但是，元方转身进了家门，连头都没回一下。

夏侯玄既被桎梏

夏侯玄既被桎梏[1]，时钟毓为廷尉[2]，钟会先不与玄相知，因便狎之[3]。玄曰："虽复刑余之人，未敢闻命。"考掠初无一言[4]，临刑东市[5]，颜色不异。

【注释】

① 夏侯玄：字太初，三国时魏国人，博学善辩，官至大常。中书令李丰等不满司马师专权，密谋以夏侯玄代之，事败一起被杀。桎梏（zhì gù）：脚镣手铐。

② 钟毓（yù）：字稚叔，三国时魏国人。十四岁即任散骑侍郎，后任侍中、都督荆州军事等职。他是钟会的哥哥。廷尉：官职名，为九卿之一，掌管刑法狱讼。

③ 狎（xiá）：动作亲近而不庄重。

④ 考掠：拷问刑讯。

⑤ 东市：汉代在长安东市处决犯人，后世用以代指刑场。

【译文】

夏侯玄被戴上镣铐之后，当时钟毓担任廷尉，钟会先前与夏侯玄关系不好，趁这次机会轻薄夏侯玄。夏侯玄说："我虽然是刑法判了罪的人，也还是不敢听命。"拷打讯问，他始终不说一句话，解赴法场将要行刑之际，依然是面不改色。

山公大儿著短帢

山公大儿著短帢[①]，车中倚。武帝欲见之，山公不敢辞，问儿，儿不肯行[②]。时论乃云胜山公。

【注释】

① 山公：指山涛。大儿：指山涛的儿子山该，字伯伦。《晋书·山涛传》载，晋武帝要见的是山涛的第三子山允。帢（qià）：一种便帽。

② 不肯行：这句话的意思是，因为戴着帽子去见皇帝是不礼貌的，所以山该不愿意去。

【译文】

山涛的大儿子山该戴着一顶便帽，在车中斜靠着。晋武帝想召见他，山涛不敢推辞，问儿子去不去，儿子不肯去。当时人们就评论说山该胜过山涛。

王太尉不与庾子嵩交

王太尉不与庾子嵩交[①]，庾卿之不置[②]。王曰："君不得为尔[③]。"庾曰："卿自君我，我自卿卿；我自用我法，卿自用卿法。"

【注释】

① 王太尉：即王衍，字夷甫，晋琅邪临沂（今属山东）人，曾任尚书令、太尉等职。庾子嵩：庾敳，字子嵩，晋颍川鄢陵（今属河南）人，爱读《老子》《庄子》，官至豫州长史。

② 卿：你，常用来称呼地位、辈分比自己低的人，也可用于平辈之间，表示亲昵而不拘礼节。

③ 君：对对方的尊称，相当于"您"。

【译文】

太尉王衍不和庾子嵩交往，庾子嵩却不住地用"卿"来称呼他，不管他愿意不愿意。王衍说："您不能这样称呼我。"庾子嵩说："你自可用君来称呼我，我自可用卿来称呼你；我用我自己的叫法，你用你自己的叫法吧。"

阮宣子伐社树

阮宣子伐社树[①]，有人止之。宣子曰："社而为树[②]，伐树则社亡；树而为社，伐树则社移矣。"

【注释】

① 阮宣子：阮修，字宣子。曾任鸿胪卿、太子洗马。社树：社庙周围的树。古代立社种树，作为社的标志。社，即土地神，也可指土地庙。

② 而：如果。

【译文】

阮宣子砍伐社庙周围的树，有人制止他。阮宣子说："如果为社庙而种树的话，那么砍了树，社庙也就不存在了；如果为树而立社庙，那么砍了树，社庙也就迁走了呀。"

阮宣子论鬼神有无者

阮宣子论鬼神有无者。或以人死有鬼[1]，宣子独以为无，曰："今见鬼者云著生时衣服[2]，若人死有鬼，衣服复有鬼邪？"

【注释】

① 或以：有的人认为。

② 著（zhuó）：穿着。

【译文】

阮宣子谈论有没有鬼神这个问题。有的人认为人死后有鬼，只有阮宣子认为没有。他说："现在自称见到过鬼的人说，鬼是穿着活着时穿的衣服，如果人死以后有鬼，那么，衣服也有鬼吗？"

王含作庐江郡

王含作庐江郡①，贪浊狼藉②。王敦护其兄，故于众坐称："家兄在郡定佳，庐江人士咸称之。"时何充为敦主簿③，在坐，正色曰："充即庐江人，所闻异于此。"敦默然。旁人为之反侧④，充晏然⑤，神意自若。

【注释】

① 王含：字处弘。晋琅邪临沂（今属山东）人，是王敦的哥哥。王敦起兵谋反，他也叛变相助。

② 狼藉：本指散乱不整齐的样子，这里比喻行为不检点，名声很坏。

③ 何充：字次道，晋庐江（今安徽省内）人，曾任会稽内史、骠骑将军等职。

④ 反侧：坐立不安，担忧。

⑤ 晏然：平静的样子。

【译文】

王含担任庐江太守时，贪污受贿，声名很坏。王敦袒护自己的哥哥，特意在大庭广众中称赞说："家兄在郡内名声很好，庐江人士都赞扬他呢。"当时何充在王敦府中担任主簿，正好在座，严肃地说："我就是庐江人，所听到的情况跟你说的不一样。"王敦听了，默不作声。其他人都为何充担忧，何充却十分平静，神态自若。

孔君平疾笃

孔君平疾笃[①]，庾司空为会稽[②]，省之，相问讯甚至，为之流涕。庾既下床，孔慨然曰："大丈夫将终，不问安国宁家之术，乃作儿女子相问[③]！"庾闻，回谢之，请其话言[④]。

【注释】

① 孔君平：即孔坦，字君平。

② 庾司空：即庾冰。当时任振威将军、会稽内史，死后追赠司空。

③ 儿女子：妇人孺子。

④ 话言：善言，这里指遗言。

【译文】

孔君平病重，庾冰当时担任会稽内史，去看望他，十分关切、周到地安慰他，还为他流下了眼泪。庾冰已经离座要告辞的时候，孔君平慨叹说："大丈夫临终，你不问有关安邦定国的策略，竟像妇人孺子一样来问候我！"庾冰听了，连忙回转身来向他道歉，请他留下遗言。

桓大司马诣刘尹

桓大司马诣刘尹[①]，卧不起。桓弯弹弹刘枕，丸迸碎床褥间。刘作色而起曰：“使君[②]如馨地，宁可斗战求胜[③]？”桓甚有恨容。

【注释】

① 桓大司马：即桓温。刘尹：指刘惔，字真长，晋沛国相（今属安徽）人，官至丹阳尹，即京都所在地区丹阳郡的行政长官。

② 使君：古代对州刺史或郡太守的尊称。桓温曾任徐州刺史，刘惔为沛国人，属徐州，故这样尊称桓温。

③ 宁：难道，表示反问语气。

【译文】

大司马桓温去拜访丹阳尹刘惔，刘躺在床上不起。桓温用弹弓射击刘的枕头，弹丸迸碎后落在被褥上。刘变了脸色，起来说道：“使君，这样的地方难道也要靠打仗取胜吗？”桓温听了，脸色十分不好看。

王述转尚书令

王述转尚书令①，事行便拜。文度曰②：“故应让杜许③。”蓝田云：“汝谓我堪此不？”文度曰：“何为不堪！但克让是美事，恐不可阙④。”蓝田慨然曰：“既云堪，何为复让？人言汝胜我，定不如我。”

【注释】

① 王述：字怀祖，晋太原晋阳（今山西太原）人，曾任扬州刺史、尚书令，袭爵蓝田侯。转：升任官职。

② 文度：王坦之，字文度。他是王述的儿子。

③ 杜许：其人不详。

④ 阙：通“缺”。

【译文】

王述升任尚书令，诏令一下达，马上就要去就职。文度说：“应当让一让杜许吧。”王述说：“你说我能否胜任这个职务？”文度说：“怎么不能胜任！但表示谦让一下本是好事，恐怕礼节上少不了。”王述感慨说：“既然说我能够胜任，为什么又要谦让呢？别人说你胜过我，我看终究不如我。”

孙兴公作《庾公诔》

孙兴公作《庾公诔》[1]，文多托寄之辞。既成，示庾道恩[2]。庾见，慨然送还之，曰："先君与君，自不至于此。"

【注释】

① 孙兴公：孙绰，字兴公，晋太原中都（今山西平遥西）人，博学善文，官至廷尉卿，袭爵长乐侯。《庾公诔》：叙述庾亮生平德行以表示哀悼的文章。诔，哀悼死者的一种文体。

② 庾道恩：庾羲，字叔和，小字道恩，是庾亮的儿子，曾任吴国内史。

【译文】

孙兴公撰写《庾公诔》，文章里面有很多虚构友情的言辞。写成后，他拿去给庾道恩看。庾道恩看后，激愤地送还给他，说："先父和您的关系，尚未到这个地步啊。"

刘真长、王仲祖共行

刘真长、王仲祖共行[①]，日旰未食。有相识小人贻其餐[②]，肴案甚盛，真长辞焉。仲祖曰："聊以充虚，何苦辞？"真长曰："小人都不可与作缘[③]。"

【注释】

① 刘真长：即刘惔，字真长。王仲祖：王濛，字仲祖，晋太原晋阳（今山西太原）人，曾任司徒左长史等职。

② 小人：当时对士族阶层之外的平民百姓的蔑称。

③ 作缘：结因缘，佛教用语。

【译文】

刘真长、王仲祖一起出行，天色已晚，还没有吃饭。有个相识的平民为他们送来饭菜，菜肴很丰盛，刘真长辞谢不吃。王仲祖说："暂且用来充饥，何必竭力推辞呢？"刘真长说："平民全都不能与之结缘的。"

雅量第六

豫章太守顾劭

豫章太守顾劭[①]，是雍之子[②]。邵在郡卒，雍盛集僚属自围棋。外启信至，而无儿书，虽神气不变，而心了其故，以爪掐掌，血流沾褥。宾客既散，方叹曰："已无延陵之高[③]，岂可有丧明之责[④]！"于是豁情散哀，颜色自若。

【注释】

① 顾劭：字孝则，三国时吴国人，曾任豫章太守。

② 雍：即顾雍，字元叹，在吴任丞相。他是顾劭的父亲。

③ 延陵之高：延陵（在今江苏武进）是春秋时吴国贵族季札的封邑，这里代指季札。季札在儿子死后埋葬时很平静地说，骨肉重新回到土里是命里注定的，他的魂魄则到处都可以存在。顾雍此处用"延陵之高"来表示对儿子的死持坦然的态度。

④ 丧明：丧失视力。春秋时子夏在儿子死后把眼睛哭瞎了，曾子因此批评他的行为不合乎礼，子夏听了连连认错。顾雍此处用"丧明之责"表示儿子死后因哀毁过礼而受到责备。

【译文】

豫章太守顾劭，是顾雍的儿子。顾劭在任上死去，当时顾雍正召集大批下属欢聚，他自己在下围棋。门外报告说豫章的信使到了，但没有儿子的书信，顾雍虽然神态不变，但是心里已经明白了其中的缘故，他用指甲掐着手掌，血流下来沾湿了坐垫。宾客散去后，他才叹息说："我已经不能做到像延陵季札那样心态旷达，难道可以哭瞎眼睛受人指责吗！"从此以后，他放宽胸怀，排解哀痛，神色坦然自若地度日。

嵇中散临刑东市

嵇中散临刑东市[①]，神气不变[②]，索琴弹之[③]，奏《广陵散》[④]。曲终，曰："袁孝尼尝请学此散[⑤]，吾靳固不与[⑥]，《广陵散》于今绝矣！"太学生三千人上书[⑦]，请以为师[⑧]，不许。文王亦寻悔焉[⑨]。

【注释】

① 嵇中散：即嵇康。

② 神气：神情气度。

③ 索：要，索取。

④ 《广陵散（sǎn）》：古代琴曲名，又称《广陵止息》，是篇幅最长的琴曲之一。宋代郑樵《通志》载："嵇康死后，此曲遂绝，往往后人本旧名而别出新声。"现在的《广陵散》据考是隋、唐流传下来的。嵇康善奏此曲。

⑤ 袁孝尼：袁准，字孝尼，陈郡阳夏（今河南太康）人，以儒学知名。

⑥ 靳固：吝惜而坚决。

⑦ 太学：古代的最高学府，其生员称太学生。

⑧ 为师：做太学的教师，即任太学博士。

⑨ 文王：即司马昭。寻：不久。

【译文】

嵇康在东市临刑前，神色不变，向人要来琴弹奏，奏了一曲《广陵散》。曲子奏完后，说："袁孝尼曾经请求学这首曲子，我没有舍得传授给他，《广陵散》从今以后要失传了！"当时有三千名太学生联名上书，请求让嵇康当老师，朝廷没有准许。嵇康被杀后不久，文王司马昭也后悔杀了嵇康。

王戎七岁

王戎七岁[1]，尝与诸小儿游[2]。看道边李树多子折枝，诸儿竞走取之[3]，唯戎不动。人问之，答曰："树在道边而多子，此必苦李。"取子，信然[4]。

【注释】

① 王戎：字濬冲，西晋琅邪临沂（今属山东）人。"竹林七贤"之一。他是王衍的堂兄，与王导、王敦同族。

② 小儿：小孩子。游：游戏。

③ 竞：争着。走：奔跑，跑去。

④ 信然：果真如此。

【译文】

王戎七岁的时候，曾和许多孩子一起玩耍。看见路边的李子树上结有很多果实，把树枝都压弯了，孩子们争先恐后地跑去摘李子，只有王戎不动。别人问他为什么，他说："李树长在路边却还有这么多果子，这一定是苦味的李子呀。"别人摘下来一尝，果然如此。

王夷甫尝属族人事

王夷甫尝属族人事[①]，经时未行。遇于一处饮燕[②]，因语之曰："近属尊事[③]，那得不行？"族人大怒，便举樏掷其面[④]。夷甫都无言，盥洗毕，牵王丞相臂[⑤]，与共载去。在车中照镜，语丞相曰："汝看我眼光，乃出牛背上[⑥]。"

【注释】

① 属：同"嘱"。

② 燕：通"宴"。

③ 尊：对对方的尊称。

④ 樏（lěi）：一种扁形食盒，中间有隔。

⑤ 王丞相：即王导。

⑥ "汝看"二句：意思是说自己目光向上，表示对受到侮辱的事不屑计较。

【译文】

王夷甫曾经嘱咐族人办事，过了多时还没有办。后来，在一处吃饭时遇上了，便问那位族人："不久前托您办的事，怎么还没办呢？"那人大怒，举起食盒就扔到他的脸上。夷甫一言不发，盥洗干净，拉着丞相王导的胳膊，和他共同坐车走了。在车上照照镜子，对王导说："你看我的眼光，竟然超越牛背之上呢。"

刘庆孙在太傅府

刘庆孙在太傅府[1]，于时人士多为所构，唯庾子嵩纵心事外，无迹可间。后以其性俭家富，说太傅令换千万[2]，冀其有吝，于此可乘。太傅于众坐中问庾，庾时颓然已醉[3]，帻坠几上[4]，以头就穿取，徐答云："下官家故可有两娑千万[5]，随公所取。"于是乃服。后有人向庾道此，庾曰："可谓以小人之虑，度君子之心。"

【注释】

① 刘庆孙：刘舆，字庆孙，曾任宰府尚书郎、颍川太守等。太傅：这里指司马越，字元超，封东海王，曾任中书令、司空、太傅等职，晋怀帝时代表皇族势力专擅国政。

② 换：借贷。

③ 颓然：瘫下来的样子。

④ 帻（zé）：头巾，中空顶圆，形制如帽子。

⑤ 娑：此处是"三"字的转音，两娑即两三。

【译文】

刘庆孙在太傅司马越府中任职，当时许多人士被他编造罪状设计陷害，只有庾子嵩纵情于人事关系之外，找不到诬陷他的把柄。后来，由于庾子嵩生性节俭而家资巨富，刘庆孙便怂恿司马越向他借贷一千万钱，希望会因为庾子嵩的吝啬而找出陷害他的机会。司马越便在很多人都在座的时候问庾子嵩，庾子嵩当时已经醉得身子瘫软，包头巾也掉在了案几上，他把头凑上去戴起头巾，慢悠悠地回答说："下官家中确实有两三千万，随您取用多少。"刘庆孙这才服了他。后来有人向庾子嵩说起这件事，庾子嵩说："真可以说是用小人的想法，来揣度君子的度量了。"

祖士少好财

祖士少好财[①]，阮遥集好屐[②]，并恒自经营[③]。同是一累[④]，而未判其得失。人有诣祖，见料视财物；客至，屏当未尽[⑤]，余两小簏着背后[⑥]，倾身障之，意未能平。或有诣阮，见自吹火蜡屐[⑦]，因叹曰："未知一生当着几量屐[⑧]？"神色闲畅。于是胜负始分[⑨]。

【注释】

① 祖士少：祖约，字士少，范阳遒（今河北涞水北）人。继其异母兄祖逖担任平西将军等职，后响应苏峻反晋，事败，被石勒所杀。好（hào）：喜爱。

② 阮遥集：阮孚，字遥集，东晋陈留尉氏（今属河南）人。任黄门侍郎、散骑时曾用金貂（皇帝左右侍从贵臣的冠饰）去换酒。屐（jī）：木鞋，下有两齿。

③ 恒：经常。经营：筹划和管理。

④ 累：牵累。

⑤ 屏当：同"摒当"，收拾，料理。

⑥ 簏（lù）：竹箱。着：在，于。

⑦ 蜡屐：在屐上涂蜡。这句是说阮孚好屐，欲其滑润，所以亲自涂蜡。

⑧ 着：穿着。量：量词，相当于"双"。

⑨ 胜负：优劣。

【译文】

祖约爱钱财，阮孚爱木屐，两人都常常亲自料理。好财和好屐同样是一种牵累，因而无法判定两人的优劣高下。有人去祖约家，看见他正检点查看财物，客人到了他还没有收拾完，剩下两个小竹箱放在背后，斜着身子遮住它们，心神显得不能平静。有人去阮孚家，看见他正亲自吹火溶蜡涂在木屐上，还叹着气说："不知道这一辈子会穿几双木屐！"他的神态悠闲自在。于是，这两个人的优劣便有了分晓。

郗太傅在京口

郗太傅在京口[①]，遣门生与王丞相书[②]，求女婿。丞相语郗信[③]："君往东厢任意选之。"门生归白郗[④]，曰："王家诸郎亦皆可嘉[⑤]，闻来觅婿，咸自矜持[⑥]。唯有一郎在东床上坦腹卧，如不闻。"郗公云："正此好！"访之，乃是逸少[⑦]，因嫁女与焉。

【注释】

① 郗太傅：即郗鉴，字道徽，曾任尚书令、太尉等职。据史书记载，他没有做过太傅。京口：古地名，古址在今江苏镇江。

② 门生：汉代师徒之间，亲自授业的称弟子，转相传授的称门生。东汉末至魏晋，一些出身寒门庶族的人依附于达官贵人之门，作为进身的阶梯，也称门生。王丞相：即王导，他是王羲之的堂伯父。

③ 信：使者，这里指上文的"门生"。

④ 白：禀告。

⑤ 可嘉：美好善良。

⑥ 矜持：庄重，拘谨，这里有做作、不自然的意思。

⑦ 逸少：即王羲之。

【译文】

郗鉴在京口时，派门生给王导送信，想在王家找一位子侄招为女婿。王导对郗鉴派来的人说："您到东厢房去，任意挑选吧。"门生回去后告诉郗鉴说："王家的各位公子都值得夸赞，听说来选女婿，都表现得庄重拘谨，只有一位公子在东边床上裸露着肚子躺着，好像什么都没听见一样。"郗鉴说："就是这一位最好！"查问此人，原来是王羲之，郗鉴便把女儿嫁给了他。

桓宣武与郗超议芟夷朝臣

桓宣武与郗超议芟夷朝臣①。条牒既定②，其夜同宿。明晨起，呼谢安、王坦之入，掷疏示之③。郗犹在帐内。谢都无言，王直掷还，云："多！"宣武取笔欲除④，郗不觉窃从帐中与宣武言⑤。谢含笑曰："郗生可谓入幕宾也⑥。"

【注释】

① 桓宣武：即桓温。郗超：字景兴，高平金乡（今属山东）人，郗鉴的孙子。他当时是桓温的参军，极受桓温宠信。芟夷（shān yí）：除草，这里是削除的意思。

② 条牒（dié）：条款文书。

③ 疏：臣下向君主分条陈述事情的文书。桓温要削除异己，还得先上奏皇帝，借皇帝的名义行事，所以要写奏疏，这里说到的便是他把奏疏先交给丞相谢安、王坦之看。

④ 欲除：想要去掉一些。

⑤ 不觉：禁不住。

⑥ 入幕宾：双关语，既说郗超是幕府僚属，参与机要，又调侃他躲在幕后秘密策划。

【译文】

桓温和郗超商议除去朝廷大臣的事情。奏疏写成后，当晚两人一起歇息。第二天早上，桓温就叫谢安、王坦之进来，把奏疏稿扔给他们看。这时，郗超还在帐内睡着。谢安看后，不发一语，王坦之则直接扔还给桓温，说："太多了！"桓温提笔想要删除一些，郗超不由地从帐中和桓温悄悄地说话。谢安笑着说："郗生真可以称得上是入幕之宾啊。"

谢太傅盘桓东山时

谢太傅盘桓东山时[①]，与孙兴公诸人泛海戏[②]。风起浪涌，孙、王诸人色并遽[③]，便唱使还[④]。太傅神情方王[⑤]，吟啸不言[⑥]。舟人以公貌闲意说[⑦]，犹去不止。既风转急浪猛[⑧]，诸人皆喧动不坐[⑨]。公徐云："如此，将无归[⑩]？"众人即承响而回[⑪]。于是审其量[⑫]，足以镇安朝野。

【注释】

① 谢太傅：即谢安。盘桓：逗留，流连。东山：山名，在今浙江上虞西南。

② 孙兴公：孙绰，字兴公，太原中都（今山西平遥西北）人，东晋文学家，家居会稽。泛海戏：坐船出海游览。

③ 孙、王诸人：指孙兴公、王羲之等人。色：脸色。遽：惶恐，窘急。

④ 唱：高呼。使还：叫船返回去。

⑤ 王：通"旺"，这里指情绪好，兴致高。

⑥ 吟啸：吟咏，或指吹口哨。

⑦ 以：因为。貌闲意说：神态悠闲，心情愉快。

⑧ 既：一会儿，不久。

⑨ 不坐：不肯安坐。

⑩ 将无：恐怕，大概，用于测度而意思偏于肯定。

⑪ 承响：紧接着谢安的话。回：这里指回到船的座位上去。

⑫ 审其量：审察他的气度。

【译文】

谢安在东山隐居时，和孙兴公等人经常乘船到海上游乐。一次，海上起了大风浪，孙兴公、王羲之等人神色惊恐，高声喊着让把船开回去。谢安兴致正旺，仍是吟诗，不多说一句话。船夫因为谢安神态悠闲，心情愉快，便依旧把船向前划个不停。一会儿，风势更急了，波浪也猛起来，大家都喊叫惊扰，坐不住了。谢安这才缓缓地说："既然已经这样了，恐怕该回去了吧？"大家立即应声安静下来，坐回原位。人们从这件事上审察谢安的气度，这足够用来治理国家使人民安定了。

谢公与人围棋

谢公与人围棋[①]，俄而谢玄淮上信至[②]，看书竟[③]，默然无言，徐向局[④]。客问淮上利害，答曰："小儿辈大破贼[⑤]。"意色举止[⑥]，不异于常。

【注释】

① 谢公：指谢安。这里说到的是淝水之战，此时桓温已死，谢安以宰相身份兼任征讨大都督，是东晋方面的最高军事指挥者。谢玄为前锋都督，是作战的直接指挥者。

② 淮上：淮河上。淝水是淮河上游的支流，在今安徽省西北部，故称淮上。

③ 书：即信。竟：完毕。

④ 徐：徐徐地，从容地。局：指棋局。

⑤ 小儿辈：当时在淝水前线指挥作战的谢石、谢玄、谢琰等，都是谢安的弟侄辈，谢安故有此称。大破贼：淝水之战，谢玄以八万晋军迎战拥兵九十万、号称百万的前秦苻坚所率军队，大获全胜，是中国古代军事史上成功的范例。

⑥ 意色：意态神色。

【译文】

谢安正与人下围棋，不一会儿，谢玄从淝水前线派来的信使到了，谢安看完信，默不作声，又慢慢地转向棋局。客人问淮水上游的战事胜负如何，他回答说："孩子们已经大破贼兵。"说话时神态举止，跟平时没有一点不一样。

王子猷、子敬曾俱坐一室

王子猷、子敬曾俱坐一室[①]，上忽发火，子猷遽走避，不惶取屐[②]；子敬神色恬然，徐唤左右扶凭而出[③]，不异于常。世以此定二王神宇[④]。

【注释】

① 王子猷：王徽之，字子猷，为人任情放达，恃才傲物，曾任黄门侍郎。子敬：即王献之，字子敬，是王徽之的弟弟。

② 惶：通“遑”，闲暇。

③ 扶凭：扶持着，架着。走路时由人搀扶，是晋时贵族平常的气派。

④ 神宇：神情气度。

【译文】

王子猷、王子敬曾经坐在一间屋子里，屋上忽然起了火，子猷急忙逃了出去，连木屐都来不及取来穿上；王子敬却神态安详，慢条斯理地唤来侍从搀扶着走出去，跟平时没有什么不同。世人就根据这件事来判定两人神情气度方面的高下。

识鉴第七

曹公少时见乔玄

曹公少时见乔玄[①]，玄谓曰："天下方乱，群雄虎争[②]，拨而理之[③]，非君乎？然君实乱世之英雄，治世之奸贼。恨吾老矣，不见君富贵，当以子孙相累[④]。"

【注释】

① 曹公：即曹操。乔玄：字公祖，东汉人，官至尚书令。

② 群雄：指当时各军阀集团。

③ 拨：整治，治理。

④ 累：牵累，这里是给对方增加照顾负担的意思。

【译文】

曹操年轻时去见乔玄，乔玄对他说："现在天下正动荡不安，各路英雄像猛虎一样彼此争斗，能够整治国家的，不就是您吗？但您在动乱时期，确实可以成为英雄，而在安定时期，则可能成为危害国家的奸贼。遗憾的是我已经老了，见不到您富贵了，将来我的子孙要麻烦您照顾了。"

王夷甫父乂，为平北将军

王夷甫父乂[①]，为平北将军，有公事，使行人论[②]，不得。时夷甫在京师，命驾见仆射羊祜、尚书山涛[③]。夷甫时总角[④]，姿才秀异，叙致既快，事加有理，涛甚奇之。既退，看之不辍，乃叹曰："生儿不当如王夷甫邪？"羊祜曰："乱天下者，必此子也！"

【注释】

① 乂：即王乂，字叔元，晋人，曾任平北将军。

② 行人：这里指使者。

③ 羊祜（hù）：字叔子，晋泰山平阳（今山东新泰）人，立身清廉，德才并高，深得时人敬重。曾任尚书左仆射、征南大将军等职，死后追赠太傅。

④ 总角：指少年时。此时王夷甫只有十四岁。

【译文】

王夷甫的父亲王乂，担任平北将军，曾有一件公事，派使者向上级申说，没能办成。当时王夷甫正在京都，就乘车去拜见尚书左仆射羊祜和尚书山涛。王夷甫当时还是少年，姿容才华秀丽卓越，不但陈说事理直爽畅快，所办之事说起来显得理由更充分，因此山涛认为他很奇特。他出去的时候，山涛还不停地看着他，最后叹息说："生儿子，难道不该像王夷甫这样吗？"羊祜说："将来使天下大乱的，一定是这个人呀。"

张季鹰辟齐王东曹掾

张季鹰辟齐王东曹掾[①]，在洛[②]，见秋风起，因思吴中菰菜羹、鲈鱼脍[③]，曰："人生贵得适意尔，何能羁宧数千里以要名爵[④]！"遂命驾便归。俄而齐王败，时人皆谓为见机[⑤]。

【注释】

① 张季鹰：张翰，字季鹰，西晋吴郡吴县（今江苏苏州）人。有清才，善属文，为人放任不拘，时人以"江东步兵"称之，意为"江南的阮步兵"，"步兵"即阮籍。辟（bì）：被征召。齐王：指司马冏（jiǒng），字景治，袭封为齐王。赵王司马伦篡位，他起兵讨伐。惠帝复位后，任大司马，把持国政。因骄恣日甚，亲用群小，后被长沙王司马乂所杀。东曹掾（yuàn）：东署的属官。曹，古代分科办事的官署。掾，属官的通称。

② 洛：即洛阳，西晋时的京都。

③ 吴中：吴郡（治所在今江苏苏州）一带。菰（gū）：俗称茭白，产于江南低洼地区。鲈鱼脍（kuài）：鲈鱼片。脍，切得很细的鱼肉。

④ 羁（jī）宧：意思是旅居外地做官。羁，本义是马络头，即套在马头上的皮带，这里是系住、束缚的意思。宧，做官。要（yāo）：谋求，谋取。名爵：名声利禄。爵，指爵位、爵禄。

⑤ 见机：指事前能洞察事物变化的细微动向。

【译文】

张季鹰被任命为齐王的东曹属官，在京都洛阳，见到秋风吹起，便回忆起家乡吴中的菰菜羹、鲈鱼脍的美味，说："人生最宝贵的是能够顺应心意而已，哪能离乡到数千里之外来追求名声爵位！"于是，他让人驾好车马返回家乡。不久以后，齐王事败，张季鹰因早早离开而免受牵连，当时的人都认为他能预见事情变化的苗头。

王大将军始下

王大将军始下[1]，杨朗苦谏不从[2]，遂为王致力。乘中鸣云露车径前[3]，曰："听下官鼓音，一进而捷。"王先把其手曰："事克，当相用为荆州。"既而忘之，以为南郡。王败后，明帝收朗[4]，欲杀之；帝寻崩，得免。后兼三公[5]，署数十人为官属。此诸人当时并无名，后皆被知遇[6]。于时称其知人。

【注释】

① 王大将军：即王敦。下：指王敦从长江上游起兵，攻取京城。

② 杨朗：字世彦，曾任南郡太守，官至雍州刺史。

③ 中鸣云露车：即云车，又名楼车，车上有望楼可以居高观察敌情，车中置锣鼓用来发出军队进退的号令。

④ 明帝：指晋明帝司马绍。

⑤ 三公：指尚书省中的三公曹尚书。

⑥ 知遇：赏识，厚待。

【译文】

大将军王敦刚发兵东下进犯京都时，杨朗竭力劝阻，王敦不听，他只好为王敦效力。他坐中鸣云露车一直来到大将军面前，说："听下官的击鼓声，出师一战即可得胜。"王敦抓住他的手，预先许诺说："若事情成功，我将任用你做荆州刺史。"后来王敦忘了自己的许诺，派杨朗做了南郡太守。后来王敦事败病死，晋明帝司马绍下令抓捕杨朗，想要杀掉他。不久明帝死了，杨朗才得以免死。后来杨朗兼任三公曹尚书，选拔委任了几十个人在他属下当官。这些人当时并没有名气，后来全都受到朝廷赏识重用。当时人们赞扬他能够赏识人才。

郗超与谢玄不善

郗超与谢玄不善[①]。苻坚将问晋鼎[②]，既已狼噬梁、岐[③]，又虎视淮阴矣。于时朝议遣玄北讨，人间颇有异同之论[④]。唯超曰："是必济事。吾昔尝与共在桓宣武府，见使才皆尽，虽履屐之间[⑤]，亦得其任。以此推之，容必能立勋。"元功既举，时人咸叹超之先觉，又重其不以爱憎匿善。

【注释】

① 郗超：字嘉宾，一字景兴，晋高平金乡（今属山东）人，参与桓温废立晋帝，曾任中书侍郎等职，权势甚重。

② 苻坚：字永固，氐族，略阳临渭（今甘肃天水东）人，前秦君主，在位20余年，与东晋对峙。晋太元八年（383年）与晋战于淝水，大败而回，后被羌族首领姚苌所杀。问晋鼎：指图谋夺取晋室政权。鼎，相传夏禹以鼎作为传国重器，得天下者才能握有，后用来喻指国家政权。

③ 梁：州名，治所在今陕西汉中。岐：山名。

④ 异同：这里"异同"连用，为偏义复词，偏指"异"，"同"无意义，意思是不同。

⑤ 履屐：都是鞋子，这里喻指琐细小事。

【译文】

郗超与谢玄两人不和。当时苻坚正想要夺取晋朝政权，已经像恶狼一样吞并了梁州、岐山之后，又虎视眈眈地盯着淮河以南地区。这时朝廷商议派谢玄北上讨伐，人们对此有不同的看法。只有郗超说：

“这人去一定能成功。我过去曾经与他一起在桓宣武府中共过事，发现他能使人各尽其才，即使一些琐细小事，也能得到适当的处置。从这些事去推断，他一定能建立功勋。”谢玄大功告成之后，人们都赞叹郗超有先见之明，又敬重他不因为个人的好恶而埋没别人的长处。

韩康伯与谢玄亦无深好

韩康伯与谢玄亦无深好①。玄北征后②，巷议疑其不振③，康伯曰："此人好名，必能战。"玄闻之，甚忿④，常于众中厉色曰："丈夫提千兵入死地⑤，以事君亲故发⑥，不得复云为名！"

【注释】

① 韩康伯：韩伯，字康伯，颍川（今属河南）人。曾任豫章太守、领军将军等职。

② 北征：指谢玄领兵北进，抵抗苻坚。

③ 巷议：指社会上的言论。疑：怀疑。振：整治（军队）。

④ 忿：气愤，愤怒。

⑤ 提：率领。

⑥ 事：侍奉，效力。君亲：君、亲分别指国君、父母，这里偏用以指"君"。发：奋起。

【译文】

韩康伯与谢玄也没有深交。谢玄北征后，街谈巷议都怀疑他不能有所作为，康伯说："这个人喜爱名声，一定很能作战。"谢玄听到这话，很气愤，常在众人面前神色严厉地说："大丈夫率领军队出生入死，是为了效忠君王，才奋力作战的，不许再说是为了名声！"

赏誉第八

陈仲举尝叹曰

陈仲举尝叹曰①："若周子居者②，真治国之器。譬诸宝剑，则世之干将③。"

【注释】

① 陈仲举：陈蕃，字仲举。

② 周子居：周乘，字子居，东汉人，官至泰山太守。

③ 干将：宝剑名。相传春秋时吴国人干将和妻子莫邪为吴王阖闾铸成两剑，雄剑称干将，雌剑称莫邪。

【译文】

陈仲举曾经赞叹说："像周子居这样的人，的确是治理国家的人才。若用宝剑来打比方的话，就是世上的干将呀。"

裴令公目夏侯太初

裴令公目夏侯太初[①]："肃肃如入廊庙中[②]，不修敬而人自敬。"一曰："如入宗庙，琅琅但见礼乐器[③]。""见钟士季，如观武库，但睹矛戟。见傅兰硕[④]，汪廧靡所不有[⑤]。见山巨源[⑥]，如登山临下，幽然深远[⑦]。"

【注释】

① 裴令公：裴楷，字叔则，晋河东闻喜（今属山西）人，博览群书，尤精通《老子》《周易》，曾任河内太守、侍中、中书令。夏侯太初：夏侯玄，字太初，三国时魏国人，自幼聪颖知名，博学善辩，官至太常。

② 肃肃：严整的样子。廊庙：本指殿下屋和太庙，是古代君臣议论政事的地方，这里指朝廷。

③ 琅琅：这里是形容玉石的光彩。

④ 傅兰硕：傅嘏，字兰硕，三国时魏人，官至尚书。

⑤ 汪廧（qiáng）：同"汪翔""汪洋"，深厚广博的样子。

⑥ 山巨源：山涛，字巨源。

⑦ 幽然：深远的样子。

【译文】

中书令裴楷评论夏侯太初说："他那严整的样子，让人看到有如进入朝廷，不求增强敬意，自然会恭敬起来。"还有一个说法是："有如进入宗庙之中，只见到琳琅满目的礼器和乐器。"又评价说："见到钟士季，有如参观武器库，只见到矛戟之类的兵器。见到傅兰硕，感到深厚广博，无所不有。见到山巨源，有如攀登高山往下看，幽远深邃。"

王戎目山巨源

王戎目山巨源："如璞玉浑金[①]，人皆钦其宝，莫知名其器。"

【注释】

① 璞玉浑金：未经雕琢的玉和未经冶炼的金，比喻具有天然美质，纯朴可贵。

【译文】

王戎评论山涛说："像是未经雕琢、冶炼的玉和金，人人敬重它是个宝物，却没有谁能叫得出它的名称。"

庾子嵩目和峤

庾子嵩目和峤[1]："森森如千丈松[2]，虽磊砢有节目[3]，施之大厦，有栋梁之用。"

【注释】

① 和峤（qiáo）：字长舆，晋汝南西平（今河南舞阳东南）人。晋武帝时任中书令，因母丧离职。惠帝即位，拜为太子少傅。他家境富裕，但为人吝啬，颇受时人讥讽。

② 森森：树木茂盛的样子。

③ 磊砢（luǒ）：树木多节疤的样子。节目：树木长出枝杈的地方。

【译文】

庾子嵩评论和峤："有如茂盛的千丈高松，虽然有节疤枝杈，但是用它来建造大厦，有栋梁的用途。"

张华见褚陶

张华见褚陶[①]，语陆平原曰[②]：“君兄弟龙跃云津[③]，顾彦先凤鸣朝阳[④]，谓东南之宝已尽[⑤]，不意复见褚生。”陆曰：“公未睹不鸣不跃者耳！”

【注释】

① 张华：字茂先，晋惠帝时担任太子少傅，后被赵王司马伦杀害。博学多闻，颇有时望，著有《博物志》。褚陶：字季雅，聪慧善文，深得张华的器重。曾任九真太守、中尉等。

② 陆平原：陆机，字士衡。晋吴郡吴县华亭（今上海松江）人，曾任平原内史，世称“陆平原”。随司马颖出征，兵败后遭谗而被杀。

③ 君兄弟：指陆机、陆云。陆云，字士龙，曾任清河内史、大将军右司马，世称“陆清河”。兄弟二人均为吴地人，极负才名。龙跃云津：蛟龙在天河里腾跃，比喻杰出人物的崛起。云津，天河，银河。

④ 顾彦先：顾荣，字彦先。凤鸣朝阳：凤凰迎着朝阳长鸣，比喻杰出人物遇时而出。

⑤ 东南：这里指吴地。

【译文】

张华见到了褚陶，告诉平原内史陆机说：“您兄弟二人像飞龙在银河中腾跃，顾彦先像凤凰迎着朝阳长鸣，我原以为东南的杰出人物已经全都出现了呢，想不到又见到了褚生。”陆机说：“这只是因为您没有见过不鸣不跃的人物罢了！”

卫伯玉为尚书令

卫伯玉为尚书令[①]，见乐广与中朝名士谈议[②]，奇之，曰："自昔诸人没已来[③]，常恐微言将绝[④]，今乃复闻斯言于君矣！"命子弟造之，曰："此人，人之水镜也[⑤]，见之若披云雾睹青天。"

【注释】

① 卫伯玉：卫瓘（guàn），字伯玉，官至太保、录尚书事。

② 乐广：字彦辅，晋南阳淯阳（今属河南）人，崇尚清谈，很有名望。曾任吏部尚书等。

③ 诸人：指常和卫瓘谈论的何晏等人。没（mò）：同"殁"，死。已：通"以"。

④ 微言：含义精妙的言论。

⑤ 水镜：清水和明镜，这里比喻人的识见清明。

【译文】

卫伯玉担任尚书令时，见到乐广和西晋的名士们谈论，认为他有奇才，对他说："自从当年那些名士们去世以来，我常常担心精妙的言论将会断绝，今天却又从您这里听到啦！"于是，他命自己的子侄们去拜访乐广，并且说："这个人，是人们照影的清水和明镜呀，见到他，就如同拨开云雾看到青天一样。"

林下诸贤

林下诸贤[①]，各有俊才子：籍子浑[②]，器量弘旷；康子绍[③]，清远雅正；涛子简[④]，疏通高素；咸子瞻[⑤]，虚夷有远志；瞻弟孚[⑥]，爽朗多所遗；秀子纯、悌[⑦]，并令淑有清流；戎子万子[⑧]，有大成之风，苗而不秀[⑨]；唯伶子无闻。凡此诸子，唯瞻为冠，绍、简亦见重当世。

【注释】

① 林下诸贤：指竹林七贤。魏末阮籍、嵇康、山涛、向秀、阮咸、王戎、刘伶七人相互友善，常宴集于竹林之下，世人称为“竹林七贤”。

② 籍：即阮籍。浑：阮浑，字长成，曾任太子中庶子。

③ 康：即嵇康。绍：嵇绍，字延祖，嵇康的长子。其父虽被司马昭处死，但他仍然深受晋王朝器重，官至侍中，最后为保卫惠帝而死。

④ 简：山简，字季伦，曾任吏部尚书、征南将军。

⑤ 瞻：阮瞻，字千里，官至太子舍人。

⑥ 孚：阮孚，字遥集，阮咸的儿子，为人放荡不羁，嗜酒纵情，曾任侍中、吏部尚书等职。

⑦ 秀：向秀，字子期。嵇康被害后，他开始出仕，曾任黄门侍郎、散骑常侍。纯：向纯，字长悌，官至侍中。悌：向悌，字叔逊，官至御史中丞。

⑧ 万子：王绥，字万子。

⑨ 苗而不秀：庄稼生长却未能抽穗开花。语出《论语·子罕》：“苗而不秀者有矣夫！秀而不实者有矣夫！”为孔子之语，孔子以庄稼生长却未能抽穗开花、庄稼抽穗开花却未能结出果实来表

示对爱徒颜回的痛惜。

【译文】

竹林七贤，每一位都有才能卓越的儿子：阮籍之子阮浑，器量宽宏辽阔；嵇康之子嵇绍，志向清高幽远，本性正直；山涛之子山简，为人通达，情操高洁；阮咸之子阮瞻，谦虚平和，有远大志向；阮瞻的弟弟阮孚，性格爽朗，不问俗务；向秀之子向纯、向悌，都生性善良，德行高尚；王戎之子王万子，有成大器的风范，可惜过早地死去；只有刘伶之子默默无闻。所有这些人，只有阮瞻可排为第一，嵇绍、山简在当时也很受推崇。

时人目庾中郎

时人目庾中郎[1]：“善于托大[2]，长于自藏[3]。”

【注释】

① 庾中郎：即庾敳。

② 托大：托身于玄默大道，这里指胸怀开阔，超脱世事。

③ 自藏：自我隐藏，不露锋芒。

【译文】

当时人们评论中郎庾敳：“善于托身于玄理，擅长自我隐藏。”

王平子与人书

王平子与人书[①]，称其儿："风气日上[②]，足散人怀。"

【注释】

① 王平子：王澄，字平子。

② 风气：风度气质。日：一天天地，逐日。

【译文】

王平子给人写信，称赞自己的儿子："他的风度气质一天天地长进，足以使人心情舒畅。"

王丞相招祖约夜语

王丞相招祖约夜语[1]，至晓不眠。明旦有客，公头鬓未理，亦小倦，客曰：“公昨如是，似失眠。”公曰：“昨与士少语，遂使人忘疲。”

【注释】

① 祖约：字士少。继其异母兄祖逖担任平西将军、豫州刺史，后响应苏峻反晋，事败后被石勒所杀。

【译文】

丞相王导邀请祖约晚上来谈事，一直谈到拂晓都没有睡觉。第二天清早有客人来，王导还没有梳头，身体也显得有些疲惫，客人说：“您昨天夜里成了这副样子，似乎失眠了呀。”王导说：“昨天晚上和士少谈论，竟然使人忘记了劳累。”

王蓝田为人晚成

王蓝田为人晚成[①]，时人乃谓之痴[②]。王丞相以其东海子[③]，辟为掾。常集聚[④]，王公每发言，众人竞赞之。述于末坐曰[⑤]：“主非尧、舜[⑥]，何得事事皆是！”丞相甚相叹赏。

【注释】

① 王蓝田：王述，字怀祖，太原晋阳（今山西太原）人。王承之子，袭爵蓝田侯，世称王蓝田。晚成：成名较晚。王述为人直率，沉静简默，三十岁尚未知名。

② 痴：傻。

③ 东海：指王承。曾任东海太守。

④ 常：通“尝”，曾经。

⑤ 末坐：末座，下席。

⑥ 主：属吏称呼长官为主，这里指王导。

【译文】

蓝田侯王述为人成名较晚，当时人们便认为他痴呆。丞相王导因为他是东海太守王承的儿子，就召他担任属官。他们曾经在一起聚会，王导每次讲话，众人都争相赞美。王述坐在下席说道：“主公不是尧、舜，哪能所有的事情都正确呀！”王导十分赞赏他。

庾公为护军

庾公为护军[①]，属桓廷尉觅一佳吏[②]，乃经年。桓后遇见徐宁而知之[③]，遂致于庾公，曰："人所应有，其不必有；人所应无，己不必无。真海岱清士[④]。"

【注释】

① 庾公：指庾亮。护军：官名，即护军将军，负责选拔武官并参与掌握中央军权。

② 属：嘱托。桓廷尉：指桓彝，字茂伦。

③ 徐宁：字安期，晋东海郯（今山东郯城北）人，官至江州刺史。

④ 海岱：指今山东省东海和泰山之间地区，徐宁的家乡东海郡即在此范围内。

【译文】

庾亮担任护军将军时，嘱咐廷尉桓彝寻找一名优秀的属吏，过了一年尚未找到。桓彝后来遇见了徐宁，非常赏识，于是推荐给庾亮，说："人们应当有的，他不一定有；人们没有的，他不一定没有。他确实是海岱地区的高洁之士呀。"

桓茂伦云

桓茂伦云："褚季野皮里阳秋[1]。"谓其裁中也。

【注释】

① 褚季野：褚裒（póu），字季野，晋河南阳翟人。曾任兖州刺史，封都乡亭侯，死后追赠侍中太傅。为人性格深沉持重，对人不加褒贬，但心中是非分明。皮里阳秋：指表面上对人和事不作评论，而心中自有褒贬。阳秋，本作春秋，为书名，因其深含褒贬之义，而借以表示褒贬。东晋人为避简文帝郑太后阿春的名讳，改称阳秋。

【译文】

桓彝说："褚季野皮里阳秋。"这是说他表面上不妄作评论，而胸中自有裁决。

王蓝田拜扬州

王蓝田拜扬州，主簿请讳[①]，教云[②]：“亡祖、先君[③]，名播海内，远近所知。内讳不出于外[④]，余无所讳。”

【注释】

① 讳：这里指家讳，即在说话、行文时应当避免提到的长辈的名字。晋代极重家讳，通常官员上任时，僚官要先了解其家讳，称作“请讳”，以防日后无意中冒犯。

② 教：这里是批示的意思。

③ 亡祖：指王湛，字处冲。先君：指王承，字安期。

④ 内讳：指应避讳的家中女性长辈的名字。

【译文】

蓝田侯王述就任扬州刺史，主簿向他请示须避讳的家中长辈的名字，他批示说：“已过世的祖父、父亲，名扬天下，是远远近近都知道的。妇人的名讳不传出家门之外，其余没有什么要避讳的。”

王仲祖称殷渊源

王仲祖称殷渊源："非以长胜人，处长亦胜人[1]。"

【注释】

① 处长：对待自己的长处。

【译文】

王仲祖称赞殷渊源："不但凭着自己的长处胜过其他人，而且在对待自己的长处上也胜过其他人。"

孙兴公为庾公参军

孙兴公为庾公参军，共游白石山①，卫君长在坐②。孙曰："此子神情都不关山水，而能作文？"庾公曰："卫风韵虽不及卿诸人，倾倒处亦不近③。"孙遂沐浴此言④。

【注释】

① 白石山：山名，在今江苏溧水北。

② 卫君长：卫永，字君长，官至左军长史。

③ 近：浅近，平易，平凡。

④ 沐浴：意思是沉浸在……之中。

【译文】

孙兴公担任庾亮手下的参军，和庾亮一起游白石山，卫君长也在其中。孙兴公说："这位先生的神情毫不关注山光水色，却擅写文章？"庾亮说："卫君长在风度韵致上虽然比不过你们各位，令人钦佩之处也很不平凡呢。"孙兴公于是反复品味这句话。

许掾尝诣简文

许掾尝诣简文[①]，尔夜风恬月朗，乃共作曲室中语。襟情之咏，偏是许之所长，辞寄清婉，有逾平日。简文虽契素[②]，此遇尤相咨嗟，不觉造膝[③]，共叉手语[④]，达于将旦。既而曰："玄度才情，故未易多有许[⑤]！"

【注释】

① 许掾：许询，字玄度，曾任司徒掾。

② 契素：一向情意相投。

③ 造膝：促膝。古人交谈时常以膝头相近，表示亲热。

④ 叉手：相互执手。

⑤ 许：如此，这样。

【译文】

司徒掾许询曾经去拜访简文帝司马昱，这一夜风静月明，两人一起在幽室里谈论。抒发情怀抱负，恰好是许询擅长的，言语之间寄托情意，听来清丽婉约，超过了平日。简文帝虽然一向与他情趣相投，这次见面交谈就更加赞赏他，不知不觉移坐到他的膝前，两人相互拉着手说话，一直谈到天将大亮。过后简文帝说："许询的才华，确实不易像这回一样地表露啊！"

王恭有清辞简旨

王恭有清辞简旨[①]，能叙说而读书少，颇有重出。有人道孝伯常有新意，不觉为烦。

【注释】

① 清辞简旨：指言辞清新，意旨简约。

【译文】

王孝伯的谈论言辞清新，意旨简约，善于叙说，却读书很少，多有重复的地方。有人评论说，孝伯常有新的立意，使人不觉得厌烦。

品藻第九

顾劭尝与庞士元宿语

顾劭尝与庞士元宿语，问曰："闻子名知人，吾与足下孰愈？"曰："陶冶世俗[①]，与时浮沉[②]，吾不如子；论王霸之余策[③]，览倚仗之要害[④]，吾似有一日之长[⑤]。"劭亦安其言。

【注释】

① 陶冶：熏陶，对……施加影响。

② 与时浮沉：指随着时势的变化而变化，顺应时代潮流。

③ 王霸：王道和霸道，旧时分别用来指以仁义治国的策略和以武力治国的策略。

④ 倚仗：应为"倚伏"，指因果间互相依存、互相制约的关系。

⑤ 一日之长：这里是指不太明显的优势。

【译文】

顾劭曾经和庞士元夜间交谈，他问："听说您以善于识人而闻名，我和您相比，谁更强一些呢？"庞士元说："改变社会风俗，随机应变，这一点上我不如您；谈论古人留下的王道与霸道的策略，观察事物因果变化的要害，这一点上我像是比您稍强一些吧。"顾劭认为他的评论很恰当。

诸葛瑾、弟亮及从弟诞

诸葛瑾、弟亮及从弟诞[①]，并有盛名，各在一国。于时以为蜀得其龙[②]，吴得其虎，魏得其狗。诞在魏，与夏侯玄齐名[③]；瑾在吴，吴朝服其弘量[④]。

【注释】

① 诸葛瑾：字子瑜，三国琅邪阳都（今山东沂南南）人。东汉末年移居江南，受到孙权优礼，任长史。孙权称帝后，官至大将军。亮：诸葛亮，字孔明，世称卧龙，诸葛瑾之弟，三国蜀汉著名的政治家、军事家。从弟：族弟，这里指堂房兄弟。诞：诸葛诞，字公休，官至扬州刺史、镇东将军、司空，后被迫反魏，称臣于吴，为司马昭所杀。

② 龙：这里的龙与下文的虎、狗用来指人物的流品高下，龙为最高，虎、狗依次下降，全无贬义。

③ 夏侯玄：字太初，三国谯（今属安徽）人。他是早期的玄学领袖人物。曾任魏征西将军，都督雍、凉州诸军事。后拟谋杀司马师并夺其权，事泄被杀。

④ 弘量：胸怀宽阔。弘，大。

【译文】

诸葛瑾、弟弟诸葛亮和堂弟诸葛诞，都很有名望，三人各自在不同国家任职。当时人们认为如将三人按高下分等，那么，蜀国得到了龙，吴国得到了虎，魏国得到了狗。诸葛诞在魏国，与夏侯玄齐名；诸葛瑾在吴国，吴国朝野上下都佩服他宽宏的器量。

明帝问谢鲲

明帝问谢鲲[①]："君自谓何如庾亮？"答曰："端委庙堂[②]，使百僚准则[③]，臣不如亮；一丘一壑[④]，自谓过之。"

【注释】

① 谢鲲：字幼舆，曾任豫章太守。

② 端委庙堂：穿着严整的礼服在朝廷办事，这里指掌管朝政。端委，严整宽长的礼服。

③ 准则：仿效，作为规范。

④ 一丘一壑：指代山水，这里的意思是寄情于自然山水之中。

【译文】

晋明帝司马绍问谢鲲："您自认为与庾亮相比怎么样？"谢鲲回答说："身着严整的礼服站在朝廷上，使百官仿效，我不如庾亮；寄情于自然山水之间，我自以为超过他呢。"

桓大司马下都

桓大司马下都，问真长曰："闻会稽王语奇进[①]，尔邪？"刘曰："极进，然故是第二流中人耳。"桓曰："第一流复是谁？"刘曰："正是我辈耳！"

【注释】

① 会稽王：指简文帝司马昱，他在即帝位前曾被封为会稽王。奇：很，非常。进：有长进。

【译文】

大司马桓温来到京都，问刘真长说："听说会稽王在言谈上进步飞快，是这样吗？"刘真长说："是极有长进，但仍旧是第二流中的人物罢了。"桓温又问："第一流人物是谁呢？"刘真长说："正是我们这些人啊！"

殷侯既废

殷侯既废[①]，桓公语诸人曰："少时与渊源共骑竹马，我弃去，己辄取之，故当出我下。"

【注释】

① 殷侯既废：指殷浩被废为庶人一事。晋穆帝永和九年（353年），殷浩以中军将军身份受命北伐，大败而回，次年被桓温奏请废为庶人。

【译文】

殷浩被废为庶人之后，桓温对大家说："小时候我和他一起骑竹马玩，我扔掉的竹马，他总要捡起来骑，可知他本来就不如我啊。"

谢公问王子敬

谢公问王子敬[①]："君书何如君家尊[②]？"答曰："固当不同[③]。"公曰："外人论殊不尔[④]。"王曰："外人那得知！"

【注释】

① 谢公：指谢安。王子敬：即王献之。

② 君家尊：您的父亲，指王羲之。尊，用来称呼父亲，称呼人家的父亲叫"君家尊"。

③ 固当：当然。固，用来加重语气。

④ "外人论"句：外面的人们的评论并不如此。

【译文】

谢安问王子敬："您的书法和令尊相比怎么样？"王子敬回答说："当然不相同。"谢安说："外间的评论可不是这样的啊。"王子敬说："外人哪里能理解呢！"

规箴第十

汉武帝乳母尝于外犯事

汉武帝乳母尝于外犯事①，帝欲申宪②，乳母求救东方朔③。朔曰："此非唇舌所争④。尔必望济者，将去时⑤，但当屡顾帝⑥，慎勿言！此或可万一冀耳⑦。"乳母既至，朔亦侍侧，因谓曰⑧："汝痴耳！帝岂复忆汝乳哺时恩邪？"帝虽才雄心忍⑨，亦深有情恋⑩，乃凄然愍之⑪，即敕免罪⑫。

【注释】

① 汉武帝：即刘彻。他在位期间，西汉发展到全盛时期。犯事：做了犯法的事。

② 申宪：诉诸刑法，依法惩办。宪，法令。

③ 东方朔：字曼倩，西汉平原厌次（今山东惠民）人。武帝时为太中大夫，性格诙谐滑稽，善于辞赋。

④ "此非"句：这件事不是靠口舌说话所能争取到的。意思是说，不要用语言辩解或恳求，而应从感情上去打动皇帝。

⑤ 去：离开。

⑥ 但当：只要。顾：回头看。

⑦ 万一冀：有万分之一的希望。

⑧ 因：顺势，趁机。

⑨ 雄：强有力。忍：坚忍，坚强。

⑩ 情恋：感情，眷恋。

⑪ 愍（mǐn）：哀怜。

⑫ 敕（chì）：皇帝的谕旨。

【译文】

汉武帝的奶妈曾经在外面犯了罪，武帝准备依法治罪，奶妈向东方朔求救。东方朔说：“这不是凭口舌能够争辩的事情。你一定想把事情办成的话，临走时，只应当连连回头望着皇上，千万不要说话。这样做，或许能有一点点希望。”奶妈来见武帝，东方朔也侍立在皇帝身边。奶妈照东方朔所说频频回头看着武帝，东方朔就对她说：“你真是发傻了！皇上难道还记得你给他喂奶时的恩情吗？”武帝虽然才略杰出，心肠刚硬，也不免引起深切的依恋之情，就悲伤地怜悯起奶妈，立刻下令免了她的罪。

京房与汉元帝共论

京房与汉元帝共论[①]，因问帝[②]：“幽、厉之君何以亡[③]？所任何人？”答曰：“其任人不忠。”房曰：“知不忠而任之，何邪？”曰：“亡国之君各贤其臣[④]，岂知不忠而任之？”房稽首曰[⑤]：“将恐今之视古，亦犹后之视今也。”

【注释】

① 京房：本姓李，改姓京，字君明，西汉东郡顿丘（今河南清丰西南）人。曾立为博士，因在汉元帝面前议论当权宦官中书令石显和尚书令等人，被石显等出为东郡太守，后被借故杀害。汉元帝：西汉皇帝刘奭（shì），他在位期间已开始宦官专权，西汉由盛转衰。

② 因：于是，这里有“趁机、乘机”的意思。

③ 幽、厉：周幽王、周厉王。周幽王，姬姓，任用虢石父执政，昏庸无道，是西周的亡国之君。周厉王，姬姓，名胡，任用荣夷公执政，钳制人们的言论，终于引起国人反抗，后逃奔到彘（今属山西），死在那里。周幽王和周厉王是历史上公认的古代暴君。

④ 贤其臣：认为他的臣是贤德的。

⑤ 稽（qǐ）首：古时的一种跪拜礼。由于京房下面要说的话有可能引起皇帝不悦，这里行此大礼是表示惶恐。

【译文】

京房和汉元帝一起谈论，趁机问元帝：“周幽王、周厉王为什么会亡国呢？他们任用的是什么人？”元帝回答说：“他们任用的人不忠呀。”京房说：“知道不忠却还任用他，是什么原因呢？”元帝说：“亡国的君主，各自认为他的臣子是贤能的，哪里会是知道不忠却还任用呢？”京房行了一个跪拜礼，说：“恐怕我们今天看古人，也像后代的人看我们今天一样啊。”

王夷甫雅尚玄远

王夷甫雅尚玄远①，常嫉其妇贪浊②，口未尝言“钱”字。妇欲试之，令婢以钱绕床，不得行。夷甫晨起，见钱阂行③，呼婢曰：“举却阿堵物④！”

【注释】

① 王夷甫：王衍，字夷甫，琅邪临沂（今属山东）人。曾任中书令、尚书令等职。西晋末年，他专谋自保，被石勒俘虏后曾劝石勒称帝，以图苟活，最后被石勒派人夜推墙填杀。雅尚玄远：素常爱好进行虚玄高远的清谈。雅，素常，向来。玄远，指深奥幽远的玄理。

② 嫉：憎恶，不满。贪浊：贪图钱财，行为鄙陋。

③ 阂（hé）行：阻碍行走。

④ 举却：拿掉。阿（ē）堵：六朝人口语，意为这、这个、这些。后人常以“阿堵”或“阿堵物”作钱的代称。

【译文】

王夷甫素来崇尚玄理，常常憎恨他妻子的贪婪卑污，他自己口中从来没说过“钱”字。他妻子想试探他，就叫婢女拿钱来围着睡床放开，让他不能走路。王夷甫清晨起床，看见钱碍着自己走路，就招呼婢女说：“拿掉这些东西！”

王平子年十四五

王平子年十四五[①]，见王夷甫妻郭氏贪欲，令婢路上儋粪[②]。平子谏之，并言不可。郭大怒，谓平子曰："昔夫人临终[③]，以小郎嘱新妇[④]，不以新妇嘱小郎！"急捉衣裾[⑤]，将与杖。平子饶力，争得脱[⑥]，逾窗而走。

【注释】

① 王平子：王澄，字平子，王夷甫的弟弟。

② 儋（dān）：同"担"，用肩挑。

③ 夫人：这里指王澄的母亲、郭氏的婆母。

④ 小郎：妇人对丈夫弟弟的称呼。新妇：已婚妇女的自称，也可用于丈夫呼妻子。

⑤ 裾（jū）：衣服的前襟。

⑥ 争：挣扎。

【译文】

王平子十四五岁时，看见王夷甫的妻子郭氏很贪心，竟叫婢女到路上捡粪。平子劝阻她，并且说明这样做不可以。郭氏大怒，对平子说："以前婆婆临终的时候，把你托付给我，而不是把我托付给你！"说完，一把抓住平子的衣服，要拿棍子打他。平子力气大，挣扎着脱了身，跳窗子逃走了。

捷悟第十一

杨德祖为魏武主簿

杨德祖为魏武主簿[①]，时作相国门，始构榱桷[②]，魏武自出看，使人题门作“活”字，便去。杨见，即令坏之[③]。既竟，曰：“‘门’中‘活’，‘阔’字，王正嫌门大也[④]。”

【注释】

① 杨德祖：杨修，字德祖，汉末弘农华阴（今属陕西）人。好学能文，才思敏捷。曾任曹操主簿。与曹植友善，曾积极为之谋取太子之位。后曹植失宠，曹操因杨修有智谋，恐不利于己，借故杀之。

② 构：构筑。榱（cuī）：屋椽的总称。椽，架在屋梁上支架屋面和瓦片的木条。桷（jué）：方形的椽子。

③ 坏之：拆毁它（指刚架起的门）。

④ 王：指魏王曹操。

【译文】

杨德祖做魏武帝的主簿，当时正在建造相国府的大门，刚刚架上椽子，曹操亲自出来察看，看后令人在门上题了一个“活”字，就离去了。杨德祖见到，就命人把门拆掉。拆完后，他说：“门中一个‘活’字，是‘阔’呀，魏王是嫌门太大了。”

人饷魏武一杯酪

人饷魏武一杯酪[①]，魏武啖少许[②]，盖头上题“合”字以示众[③]，众莫能解[④]。次至杨修[⑤]，修便啖，曰：“公教人啖一口也[⑥]，复何疑！”

【注释】

① 饷（xiǎng）：用食物款待。魏武：即曹操。酪（lào）：用牛、羊、马乳炼制成的食品。

② 啖（dàn）：吃。

③ 盖头：指杯盖。

④ 解：理解。

⑤ 次：依次。

⑥ 公：指曹操。人啖一口：“合”字拆开来是“人一口”，可以理解为“一人吃一口”。

【译文】

有人送给曹操一杯乳酪，他吃了一点儿，在盖子上写了一个“合”字给大家看，众人中没有谁能看懂。依次轮到了杨修，杨修接过来就吃，说道：“曹公是让我们每人吃一口，还犹豫什么呢！”

郗司空在北府

郗司空在北府①，桓宣武恶其居兵权。郗于事机素暗，遣笺诣桓："方欲共奖王室②，修复园陵。"世子嘉宾出行③，于道上闻信至，急取笺视，视竟，寸寸毁裂，便回，还更作笺，自陈老病，不堪人间④，欲乞闲地自养。宣武得笺大喜，即诏转公督五郡⑤、会稽太守。

【注释】

① 郗司空：即郗愔（yīn），字方回，为郗鉴的长子，曾任会稽内史及徐、兖二州刺史，死后追赠侍中、司空。北府：指当时徐州刺史管领的京口。

② 奖：辅助。

③ 世子：郗愔袭爵南昌公，其嫡长子也可称为世子。嘉宾：郗超，字嘉宾，当时担任桓温手下的参军。

④ 人间：指人世间事。这里是指担任官职。

⑤ 督五郡：这里是指都督浙江五郡军事，这次调职名义上是升迁，但已离开京口这一险要之地，实际上除去了桓温心中的隐患。

【译文】

司空郗愔镇守京口时，桓温十分忌恨他手握兵权占领险要之地。郗愔对于观测事情发展的迹象一向糊涂，还写了信派人送给桓温，说："正想和您共同辅佐王室，修复先帝的陵寝。"他的长子郗嘉宾出门在外，在路上听说送信的人到了，赶忙打开父亲的信来看，看完，把信笺彻底撕毁，随即回到住处，代父亲另写了一信，信中陈述自己年老多病，不能承担重任，想求得一块清闲之地休养。桓温收到信后非常高兴，立即下令调任郗愔为都督浙江五郡军事，兼任会稽太守。

夙惠第十二

宾客诣陈太丘宿

宾客诣陈太丘宿①，太丘使元方、季方炊。客与太丘论议，二人进火，俱委而窃听②。炊忘著箅③，饭落釜中。太丘问："炊何不馏④？"元方、季方长跪曰："大人与客语，乃俱窃听，炊忘著箅，饭今成糜。"太丘曰："尔颇有所识不？"对曰："仿佛记之。"二子俱说，更相易夺⑤，言无遗失。太丘曰："如此，但糜自可，何必饭也！"

【注释】

① 陈太丘：即陈寔。下文的元方、季方即他的两个儿子陈纪、陈谌。

② 委：丢下。

③ 箅（bì）：竹箅，蒸食物时用来隔开水的一种竹制炊具。

④ 馏：把米放在水里煮至水开，再捞出蒸成饭。

⑤ 易夺：改正补充。

【译文】

有客人到陈太丘家住宿，陈太丘让元方、季方做饭招待。客人和陈太丘在谈论，元方兄弟二人在烧火煮饭，却全都丢下手头的事情去偷听。二人做饭时忘了放上竹箅，要蒸的饭都落在了锅中。太丘问："做饭时为什么没有蒸呢？"元方、季方直身跪着说："父亲您和客人谈论，我们就一起偷听，做饭时忘记放上竹箅，现在饭就做成了粥啦。"太丘问："你们可记得听到些什么吗？"回答说："好像记住了一些话。"两个孩子便一起叙说，交替着改正和补充，一句话也没有脱漏。太丘说："既然这样，只有粥也可以啦，何必一定要干饭呢！"

晋明帝数岁

晋明帝数岁[①]，坐元帝膝上。有人从长安来[②]，元帝问洛下消息[③]，潸然流涕。明帝问何以致泣，具以东渡意告之[④]。因问明帝："汝意长安何如日远[⑤]？"答曰："日远。不闻人从日边来，居然可知[⑥]。"元帝异之[⑦]。明日，集群臣宴会，告以此意，更重问之[⑧]，乃答曰[⑨]："日近。"元帝失色[⑩]，曰："尔何故异昨日之言邪？"答曰："举目见日，不见长安。"

【注释】

① 晋明帝：即司马绍，晋元帝司马睿之子。

② 长安：西汉时的京都，也称西京，即今陕西西安。

③ 洛下：意思是洛阳那里。从长安至建康通常要路过洛阳，所以晋元帝向长安来人问及洛阳的消息。

④ 具：全，都。东渡：晋怀帝永嘉五年（311年），匈奴军队攻陷洛阳，俘虏怀帝，杀太子及王公百官、百姓三万余人，史称"永嘉之乱"。晋愍帝建兴四年（316年），又攻陷长安，俘愍帝，西晋灭亡。次年，司马睿在建康称帝，建立东晋，中原世家大族纷纷渡江避乱，这在当时称为"东渡"。当时江南又称江东，故南渡也称东渡。

⑤ 汝：你。

⑥ 居然：显然。

⑦ 异之：对此感到惊异。

⑧ 更：再，再次。

⑨ 乃：竟。

⑩ 失色：因意外而变了脸色。

【译文】

晋明帝才几岁时，有一次坐在元帝的膝上。有人从长安来，元帝问到洛阳的消息，边听边落下眼泪。明帝问他为什么流泪，元帝就把自己渡江来建康兴复晋室的意思告诉了他，并趁机问他："你说长安和太阳哪个离我们远呢？"明帝回答说："太阳远。只听说有人从长安来，却从没听说有人从太阳那里来，显然可知呀。"元帝对他的话感到惊异。第二天，元帝召集群臣举行宴会，把明帝的这个说法告诉大家，又重新问了一次，明帝却回答说："太阳近。"元帝一下子变了脸色，说："你今天怎么跟昨天说的不一样呢？"明帝回答说："抬起头就能见到太阳，却看不到长安呀。"

豪爽第十三

王处仲每酒后

王处仲每酒后[①]，辄咏：“老骥伏枥[②]，志在千里；烈士暮年[③]，壮心不已[④]。”以如意打唾壶[⑤]，壶口尽缺。

【注释】

① 王处仲：即王敦。

② 骥（jì）：千里马。枥（lì）：马槽。

③ 烈士：这里指具有雄心壮志、雄才大略的人物。

④ 不已：不停止。以上四句出自曹操诗《步出夏门行·龟虽寿》。

⑤ 如意：一种器物，用竹、玉、骨、铁等制成，头部作灵芝形或云叶形，柄微曲，拿在手中供指划或赏玩，是魏晋时期喜爱清谈的人常拿的器具。唾壶：类似后来的痰盂。

【译文】

王处仲每次饮酒以后，就要吟咏“老骥伏枥，志在千里；烈士暮年，壮心不已”的诗句，同时用如意敲着唾壶来打节拍，唾壶口全给敲缺了。

王司州在谢公坐

王司州在谢公坐[①]，咏“入不言兮出不辞，乘回风兮载云旗[②]”。语人云：“当尔时，觉一坐无人[③]。”

【注释】

① 王司州：王胡之，曾被召为司州刺史，未赴任即死。

② “入不”二句：屈原《九歌·少司命》中的诗句，意思是说，神进来时不说话，出去时不告辞，乘着旋风，驾着云旗，飘然地游历太空。

③ “觉一”句：感觉不到座中还有其他人，表示自己的精神进入了超然的境界。

【译文】

王胡之曾经在谢安那里做客，吟咏“入不言兮出不辞，乘回风兮载云旗”的诗句。他后来告诉别人说：“在那个时候，就觉得满座之中没有一个人了。”

容止第十四

魏武将见匈奴使

魏武将见匈奴使①，自以形陋②，不足雄远国③，使崔季珪代④，帝自捉刀立床头⑤。既毕⑥，令间谍问曰⑦："魏王何如？"匈奴使答曰："魏王雅望非常⑧，然床头捉刀人，此乃英雄也。"魏武闻之，追杀此使。

【注释】

① 魏武：即曹操。匈奴：我国古代北方的少数民族。

② 自以：自以为。形陋：外形不佳。

③ 雄：威武。远国：外国，这里指匈奴。这一句是说，自己的形貌不足以对外国显示威武。

④ 崔季珪：崔琰，字季珪，清河东武城（今属河北）人。他生得相貌堂堂，所以曹操让他代替自己。

⑤ 捉刀：握刀。床头：床边。这里指坐榻。

⑥ 既毕：接见完毕之后。

⑦ 间谍：这里指伪装后与匈奴使者接近以刺探情况的人。

⑧ 雅望：这里指高雅的仪表风度。

【译文】

魏武帝曹操将要接见匈奴使者，他自以为相貌丑陋，不足以对远方的国家形成威慑，就让崔季珪代替自己，他自己则握刀侍立在坐榻一旁。接见完毕后，曹操派人去问匈奴使者："魏王给你的印象怎么样？"匈奴使者回答说："魏王高雅的仪表风度不同寻常，但是坐榻旁边握刀的那个人，才是英雄啊。"曹操听说后，派人赶去杀掉了这个匈奴使者。

何平叔美姿仪

何平叔美姿仪[①]，面至白。魏明帝疑其傅粉[②]，正夏月，与热汤饼[③]。既啖，大汗出，以朱衣自拭，色转皎然。

【注释】

① 何平叔：何晏，字平叔。

② 傅粉：汉魏时期，贵族男子有在脸上搽粉的习俗。

③ 汤饼：放在水里煮的面食。

【译文】

何平叔姿态仪容很美丽，面色极为白皙。魏明帝疑心他脸上搽了粉，正当夏天，给他热面食吃。吃完，何平叔大汗淋漓，用红色的衣袖擦去汗水，脸色变得更加洁白光亮。

潘岳妙有姿容

潘岳妙有姿容①，好神情②。少时挟弹出洛阳道，妇人遇者，莫不连手共萦之③。左太冲绝丑④，亦复效岳游遨，于是群妪齐共乱唾之，委顿而返⑤。

【注释】

① 潘岳：字安仁，晋人，荥阳中牟（今属河南）人。美姿容，有文才，善作诗赋，与陆机齐名，并称“潘陆”。曾任河阳令、著作郎、给事黄门侍郎，后被司马伦及孙秀所杀。

② 神情：风度，神采。

③ 萦：环绕，围绕。

④ 左太冲：即左思，字太冲。

⑤ 委顿：萎靡疲乏。

【译文】

潘岳有美妙的姿态容貌，风度也极佳。年轻时带着弹弓出入洛阳街头，妇女们遇见他，无不手拉手地共同围住他。左思容貌极为丑陋，也仿效潘岳四处游荡，结果成群的妇女都一齐向他乱吐口水，弄得他没精打采地跑回家。

卫玠从豫章至下都

卫玠从豫章至下都[①]，人久闻其名，观者如堵墙[②]。玠先有羸疾，体不堪劳，遂成病而死。时人谓“看杀卫玠”。

【注释】

① 下都：相对于首都而言，称陪都为下都。西晋旧都是洛阳，所以后世称建邺（后因避司马邺的名讳改称建康）为下都。

② 堵墙：墙壁。

【译文】

卫玠从豫章来到建康，人们很久以前就听说过他的名声，观看的人围得像墙壁一样。卫玠原先身体就衰弱，身体经受不了这一番劳累，终于病倒死去了。当时的人都说“卫玠是被看死的”。

自新第十五

周处年少时

周处年少时[①]，凶强侠气[②]，为乡里所患[③]。又[④]，义兴水中有蛟[⑤]，山中有白额虎，并皆暴犯百姓[⑥]。义兴人谓为“三横”[⑦]，而处尤剧[⑧]。或说处杀虎斩蛟[⑨]，实冀三横唯余其一。处即刺杀虎，又入水击蛟。蛟或浮或没[⑩]，行数十里，处与之俱[⑪]。经三日三夜，乡里皆谓已死[⑫]，更相庆[⑬]。竟杀蛟而出。闻里人相庆[⑭]，始知为人情所患，有自改意。乃自吴寻二陆[⑮]。平原不在，正见清河，具以情告[⑯]，并云：“欲自修改而年已蹉跎[⑰]，终无所成。”清河曰：“古人贵朝闻夕死[⑱]，况君前途尚可；且人患志之不立[⑲]，亦何忧令名不彰邪[⑳]！”处遂改励[㉑]，终为忠臣孝子[㉒]。

【注释】

① 周处：字子隐，义兴阳羡（今江苏宜兴南）人。相传他年轻时横行乡里，后发愤自新。三国吴时为东观左丞，西晋时任新平、广汉太守及御史中丞等职，纠劾不避权贵，因而受到贵戚权臣的排挤。后氐人齐万年反，有人劝他家有老母，不便远征，他仍坚持领兵征讨，结果战死。

② 凶强侠气：粗暴强悍，好争斗。

③ 为乡里所患：被地方上的人认为是祸患。乡里，家乡，地方上。

④ 又：另外。

⑤ 蛟：古代传说中能发洪水的一种龙，这里指鳄鱼一类的动物。

⑥ 暴犯：危害。

⑦ 三横：即“三害”。横，凶暴。

⑧ 尤剧：更加厉害。

⑨ 或说：有人劝说。或，有人。说（shuì），劝说。

⑩ 没：沉没。

⑪ 与之俱：跟它一起（浮沉）。之，指蛟。

⑫ 谓：以为，认为。

⑬ 更相庆：互相庆贺。

⑭ 里人：家乡的人。

⑮ 二陆：指陆机、陆云兄弟，是当时著名的文学家。下文的“平原”指陆机，他曾任平原内史；“清河”指陆云，他曾任清河内史。

⑯ 具以情告：即把家乡人痛恨自己的情况全部告诉他。

⑰ 修改：修正错误。蹉跎：这里的意思是年龄太大。

⑱ 朝闻夕死：意思是早上听到了圣贤之道，即使晚上死去也不觉得虚度一生了。出自《论语·里仁》：“子曰：‘朝闻道，夕死可矣。’”陆云是勉励周处只要弃邪归正，不必担忧年华虚度，没有成就。

⑲ 患：忧虑，担心。

⑳ 令名：美名，美好的名声。彰：显扬。

㉑ 改励：改过自励。

㉒ 终为忠臣孝子：终于成了忠臣孝子。周处后任晋御史中丞，后受命抵抗叛乱，当时母亲已年老，他说：“忠孝之道，何当得两全！”终于战死在沙场。

【译文】

周处年轻时，粗暴强悍，好争斗，地方上的百姓都认为他是个祸患。另外，当时义兴的河中有蛟龙，山中有白额猛虎，危害百姓。义兴人就把三者合称为“三害”，其中周处为害最厉害。有人劝说周处去杀死老虎，除掉蛟龙，实际上是希望三害相互火拼，最后只剩下一个。

周处上山杀死了猛虎，又下水去攻击蛟龙。在他的攻击下，蛟龙在河中一会儿浮起一会儿沉下，游了几十里远，周处一直与它一起浮沉。过了三天三夜，乡亲们都以为周处也已经死了，大家相互庆贺。结果呢，周处竟杀死了蛟龙回到岸上。他这才知道自己早成为百姓们的祸患，于是有了改过自新的想法。他到吴郡去寻访陆机、陆云兄弟。陆机不在，他见到了陆云，便把家乡百姓痛恨自己的情况全部告诉他，并说自己想要改正错误，又担心年龄太大，不会有什么成果了。陆云说："古人认为早上听到了道理，晚上死掉都值得去努力，何况您的前途还是有希望的呢。再说，一个人要担心的只是没有大志，何必担心美名得不到显扬呢！"周处从此改过自新，最终成为历史上有名的忠臣孝子。

企羡第十六

王丞相过江

王丞相过江，自说昔在洛水边，数与裴成公、阮千里诸贤共谈道[①]。羊曼曰[②]：“人久以此许君，何须复尔？”王曰：“亦不言我须此，但欲尔时不可得耳[③]！”

【注释】

① 裴成公：裴頠，谥号成。阮千里：阮瞻，字千里，官至太子舍人。

② 羊曼：字祖延，历任黄门侍郎、晋陵太守、丹阳尹。

③ 欲：一作“叹”。

【译文】

丞相王导渡江南下后，自己说起从前在洛水边上，经常与裴成公、阮千里等名流一起清谈的情形。羊曼说：“人们早就用这件事来赞许你啦，哪里还用得着你再这样说呢？”王导说：“倒不是说我需要这样，只是那种时光不会再有罢了！”

孟昶未达时

孟昶未达时[①]，家在京口[②]。尝见王恭乘高舆[③]，被鹤氅裘[④]。于时微雪，昶于篱间窥之[⑤]，叹曰："此真神仙中人！"

【注释】

① 孟昶（chǎng）：字彦达，东晋平昌（今属四川）人。少为王恭所知，后迁丹阳尹。达：显达，指做官。

② 京口：古地名，故址在今江苏镇江。

③ 高舆：高大的车子。

④ 鹤氅（chǎng）裘：用鸟羽制成的毛皮外套。

⑤ 窥：从小孔、缝隙或隐蔽处察看。

【译文】

孟昶还没有发迹时，家住在京口。他曾看见王恭坐着高大的车子，身上披着鹤氅裘。当时天上正飘着小雪，孟昶从竹篱笆缝隙里偷看，赞叹说："这真是神仙一般的人哪！"

伤逝第十七

王仲宣好驴鸣

王仲宣好驴鸣[①]。既葬，文帝临其丧[②]，顾语同游曰："王好驴鸣，可各作一声以送之。"赴客皆一作驴鸣。

【注释】

① 王仲宣：王粲，字仲宣，"建安七子"之一。先依刘表，未被重用，后为曹操幕僚，仕魏官至侍中。

② 文帝：指魏文帝曹丕。临（lìn）：哭吊死者。

【译文】

王仲宣喜爱听驴叫。在他死后安葬完毕，魏文帝曹丕去吊丧时，回头对平日与他打过交道的人们说："王仲宣爱听驴叫，你们各人应当学叫一声来送别他。"于是，去吊丧的客人都学了一声驴叫。

王戎丧儿万子

王戎丧儿万子①，山简往省之②，王悲不自胜。简曰："孩抱中物③，何至于此！"王曰："圣人忘情，最下不及情；情之所钟，正在我辈。"简服其言，更为之恸。

【注释】

① 万子：王绥，字万子，是王戎的儿子，十九岁而死。

② 山简：字季伦，山涛的儿子。

③ 孩抱中物：抱在手中刚刚会笑的小儿。一说此则应为王衍丧子后山简去吊问，因为万子活到了十九岁，已非"孩抱中物"了。

【译文】

王戎死了儿子万子，山简前去看望他，王戎悲恸得无法自制。山简说："不过是个幼儿罢了，哪至于伤心到这副样子呢！"王戎说："圣人忘掉了情爱，最下等的人谈不上有情爱；对情爱最专注的，正是我们这一类人啊。"山简信服他的话，更加为他感到悲痛。

栖逸第十八

阮光禄在东山

阮光禄在东山[①]，萧然无事[②]，常内足于怀。有人以问王右军，右军曰："此君近不惊宠辱，虽古之沉冥[③]，何以过此！"

【注释】

① 阮光禄：阮裕，曾被召为金紫光禄大夫，故人称阮光禄。

② 萧然：清静的样子。

③ 沉冥：深藏不露的人，这里指隐士。

【译文】

光禄大夫阮裕住在东山，清静无事，内心里常常很知足。有人拿这件事问王羲之，王羲之说："这位先生原来就能宠辱不惊呀，即便古代的隐士，又怎能赶得上呢！"

许玄度隐在永兴南幽穴中

许玄度隐在永兴南幽穴中[①]，每致四方诸侯之遗。或谓许曰："尝闻箕山人似不尔耳[②]。"许曰："筐篚苞苴[③]，故当轻于天下之宝耳[④]。"

【注释】

① 永兴：晋朝县名，属会稽郡，在今浙江萧山西。

② 箕山人：指许由。相传唐尧让天下给许由，许由不接受，而逃隐于箕山。

③ 筐篚（fěi）：方形和圆形的竹器。这里指装在筐篚中的礼物。苞苴（jū）：包裹。这里指包在包裹中的礼物。

④ 天下之宝：这里指君位。

【译文】

许玄度隐居在永兴南面深山洞中，常常招引来四方达官贵人的馈赠。有人对许玄度说："曾听说以前隐居箕山的那位许由先生好像不是您这样的呀。"许玄度说："我得到的这些礼物，本来就是比君位轻贱得多啊。"

贤媛第十九

汉元帝宫人既多

汉元帝宫人既多，乃令画工图之，欲有呼者，辄披图召之。其中常者，皆行货赂[①]。王明君姿容甚丽[②]，志不苟求，工遂毁为其状。后匈奴来和，求美女于汉帝，帝以明君充行。既召，见而惜之，但名字已去，不欲中改，于是遂行。

【注释】

① 货赂：拿东西去贿赂。

② 王明君：即王昭君，名嫱（qiáng），字昭君，西汉人，晋人因避晋文帝司马昭的名讳而改称明君。汉元帝时被选入宫中，后自请往匈奴和亲。

【译文】

汉元帝的宫女很多，于是他就派画工去画下她们的相貌，想要召唤谁时，就翻看画像按图召见。宫女中相貌平常的人，都贿赂画工以求召见。王昭君容貌非常美丽，不愿用不正当的手段求得宠幸，画工就在画像上丑化了她的容貌。后来匈奴来议和，向汉元帝求赐美女，元帝便把昭君当作皇族女嫁过去。召见之时，汉元帝看到了昭君的容貌，不舍得放她走，可是名字已经告诉了匈奴，不能中途改变，于是昭君终于去了匈奴。

术解第二十

人有相羊祜父墓

人有相羊祜父墓[①]，后应出受命君[②]。祜恶其言，遂掘断墓后以坏其势。相者立视之，曰："犹应出折臂三公[③]。"俄而祜坠马折臂，位果至公。

【注释】

① 羊祜（hù）：字叔子，晋泰山平阳（今山东新泰）人。立身清廉，德才并高，深得时人敬重。曾任尚书左仆射、征南大将军等职。

② 受命君：接受天命统治天下的君主。

③ 三公：魏晋时期以太尉、司徒、司空为三公。

【译文】

有个看相的，看了羊祜父亲的坟墓后，说墓主的后代中会出一个受命天子。羊祜对他这话很厌恶，就把墓后挖断，破坏了它的风水。看相的人立即察看坟墓，说："还是能够出个断臂的三公啊。"不久，羊祜从马上掉下来摔折了手臂，后来官位果然位列三公。

巧艺第二十一

顾长康画裴叔则

顾长康画裴叔则[①]，颊上益三毛[②]。人问其故，顾曰："裴楷俊朗有识具[③]，正此是其识具。"看画者寻之[④]，定觉益三毛如有神明[⑤]，殊胜未安时。

【注释】

① 顾长康：即顾恺之。裴叔则：裴楷，字叔则，河东闻喜（今属山西）人。精通《易》理，历任河南尹、中书令。

② 颊：脸颊。益：增加，增添。

③ 识具：见识才具。

④ 寻：寻思，仔细思量。

⑤ 定：的确，确实。神明：精神光彩。

【译文】

顾恺之为裴楷画像，在其面颊上添加了三根毛。有人问为什么要这样画，顾恺之说："裴楷俊逸开朗，又有才识，这恰恰是他有才识的表现呀。"看画的人仔细思量这幅画像，确实觉得添加了三根毛似乎更有神韵了，大大胜过没有画上的时候。

顾长康画人

顾长康画人，或数年不点目精[①]。人问其故，顾曰："四体妍蚩[②]，本无关于妙处，传神写照[③]，正在阿堵中。"

【注释】

① 或：有的。目精：眼珠。

② 四体：四肢。妍蚩（yán chī）：美丑。

③ 写照：画像。

【译文】

顾恺之为人画像，有的好几年都不点上瞳仁。有人问他是什么缘故，顾恺之说："绘画的妙处，本来就不在于四肢的美丑，画像传神，正在这个里面呀。"

宠礼第二十二

孝武在西堂会

孝武在西堂会①，伏滔预坐②。还，下车呼其儿，语之曰：“百人高会③，临坐未得他语，先问：‘伏滔何在？在此不④？’此故未易得⑤。为人作父如此，何如？”

【注释】

① 孝武：东晋孝武帝司马曜（372—396年在位）。西堂：宫中西面厅堂名。会：宴会。

② 伏滔：字玄度，东晋平昌安丘（今属山东）人。曾任大司马桓温参军等职。预坐：在座。预，参加，参与。

③ 高会：盛会。

④ 不：同“否”。

⑤ 故：确实。

【译文】

孝武帝在西堂集会，伏滔也在座。他回到家，一下车就叫来他的儿子，告诉儿子说：“上百人的聚会，皇上临就座时，还来不及说别的话，就先问：‘伏滔在哪儿？在不在这里？’这种优遇确实不容易得到啊。为人、做父亲的能到这一步，怎么样呀？”

任诞第二十三

陈留阮籍、谯国嵇康、河内山涛三人年皆相比

陈留阮籍、谯国嵇康、河内山涛三人年皆相比①，康年少亚之②。预此契者③，沛国刘伶、陈留阮咸、河内向秀、琅邪王戎。七人常集于竹林之下，肆意酣畅，故世谓“竹林七贤”。

【注释】

① 比：接近。

② 少：略微。

③ 契：聚会。

【译文】

陈留阮籍、谯国嵇康、河内山涛三个人年龄相仿，嵇康年龄稍微小一些。参加他们的聚会的，还有沛国刘伶、陈留阮咸、河内向秀、琅邪王戎。他们七个人常常在竹林之下聚会，纵情畅饮，所以世人把他们称为“竹林七贤”。

刘公荣与人饮酒

刘公荣与人饮酒[1]，杂秽非类[2]。人或讥之，答曰："胜公荣者，不可不与饮；不如公荣者，亦不可不与饮；是公荣辈者，又不可不与饮。"故终日共饮而醉。

【注释】

① 刘公荣：刘昶，字公荣，晋人，官至兖州刺史。

② 非类：不属于同一类别或同一阶层的人。

【译文】

刘公荣和别人一起喝酒，经常跟身份不同、地位低下的人混杂在一起。有人因此指责他，他回答说："胜过我的人，不能不和他一起喝；不如我的人，也不能不和他一起喝；和我属于同类的人，更不能不和他一起喝呀。"所以，他整天都和别人一起喝得大醉。

刘伶恒纵酒放达

刘伶恒纵酒放达，或脱衣裸形在屋中。人见讥之，伶曰：“我以天地为栋宇，屋室为裈衣，诸君何为入我裈中[①]！”

【注释】

① 裈（kūn）：裤子。

【译文】

刘伶常常酗酒，放纵无所节制，有时干脆脱去衣服赤身裸体待在屋子里。看到的人指责他，刘伶说：“我把天地作为房子，把屋子当作裤子，诸位先生为什么跑到我的裤子里来！”

阮公邻家妇有美色

阮公邻家妇有美色[①]，当垆酤酒[②]。阮与王安丰常从妇饮酒[③]，阮醉，便眠其妇侧。夫始殊疑之，伺察，终无他意。

【注释】

① 阮公：指阮籍。

② 垆（lú）：酒家放置酒瓮的土台，借指酒店。酤（gū）酒：卖酒。

③ 王安丰：指安丰侯王戎。

【译文】

阮籍邻居的妻子很漂亮，在酒垆边卖酒。阮籍和王戎常常到她那里去喝酒，阮籍喝醉了，就睡在那妇人的身边。妇人的丈夫起先疑心他有什么出轨之举，经过一番探察后，发现他始终没有别的意图。

阮仲容、步兵居道南

阮仲容、步兵居道南①，诸阮居道北②。北阮皆富，南阮贫。七月七日③，北阮盛晒衣，皆纱罗锦绮④。仲容以竿挂大布犊鼻裈于中庭⑤。人或怪之，答曰："未能免俗，聊复尔耳⑥！"

【注释】

① 阮仲容：阮咸，字仲容，是阮籍的侄儿。步兵：即阮籍。

② 诸阮：阮氏其他各家。

③ 七月七日：古时有7月7日曝晒衣服的习俗，据说可以防止虫蛀。

④ 纱罗锦绮：各种华贵的丝织品。纱、罗质地轻薄，锦、绮色彩华美。

⑤ 大布：粗布。犊鼻裈：一种干杂活时穿的裤子，类似后来的套裤，形状像犊鼻。一说，类似围裙。

⑥ 聊复尔耳：姑且如此罢了。聊，姑且。尔，这样。

【译文】

阮咸、阮籍住在路的南面，阮姓中的其他人家住在路的北面。路北的阮家都很富有，路南的阮家比较贫穷。7月7日，路北的阮姓人家大规模地晾晒衣服，都是绫罗绸缎的织物。阮咸也用竹竿挑着一条粗布短裤晒在庭院中。有人觉得他这做法很奇怪，他回答说："未能免除世间习俗，姑且这样做一做罢了！"

张季鹰纵任不拘

张季鹰纵任不拘，时人号为“江东步兵”[①]。或谓之曰：“卿乃可纵适一时[②]，独不为身后名邪？”答曰：“使我有身后名，不如即时一杯酒！”

【注释】

① 江东步兵：这里把张翰（张季鹰）比作阮籍。张翰是吴郡人，地处江东，故有此称。

② 乃可：岂可，哪可。

【译文】

张翰放任而不拘礼节，当时的人称他“江东步兵”。有人对他说：“你哪里能只顾一时的放纵和舒适呢，难道不考虑死后的名声吗？”张翰回答说：“与其让我有死后的名声，还不如现在来一杯酒呢！”

殷洪乔作豫章郡

殷洪乔作豫章郡[1]，临去，都下人因附百许函书。既至石头，悉掷水中，因祝曰："沉者自沉，浮者自浮，殷洪乔不能作致书邮！"

【注释】

① 殷洪乔：殷羡，字洪乔，晋人，曾任豫章太守，官至光禄勋。

【译文】

殷洪乔出任豫章太守，临行前，京都的人托他捎带的信函有一百多封。他到了石头城（现在的南京），把信全部扔进江中，接着祷告说："该沉的自己沉下去，该浮的自己浮起来，我殷洪乔可不能做送信的邮差！"

王子猷尝暂寄人空宅住

王子猷尝暂寄人空宅住[①]，便令种竹。或问："暂住何烦尔？"王啸咏良久，直指竹曰："何可一日无此君[②]！"

【注释】

① 王子猷（yóu）：王徽之，字子猷，是王羲之的儿子。他任性放达，初为桓温参军，蓬首散带，不理府事。后任黄门侍郎，弃官东归，居山阴，患背疽卒。

② 君：此处以"君"称竹，是把竹子比作气质高雅之士。

【译文】

王子猷曾经暂时借住在别人的空宅里，一入住就让人种上竹子。有人问："只是暂时住几天，何必这样麻烦呢？"王子猷啸咏了许久，伸手直指着竹子说："怎么可以一天没有它呢！"

王子猷居山阴

王子猷居山阴[①]，夜大雪，眠觉，开室[②]，命酌酒。四望皎然[③]，因起彷徨[④]，咏左思《招隐诗》[⑤]。忽忆戴安道[⑥]，时戴在剡[⑦]，即便夜乘小舟就之[⑧]。经宿方至[⑨]，造门不前而返[⑩]。人问其故，王曰："吾本乘兴而行，兴尽而返，何必见戴！"

【注释】

① 山阴：今浙江绍兴。

② 开室：打开房间的门窗。

③ 皎然：这里用来形容四周的积雪。

④ 彷徨：徘徊游移、心神不定的样子。

⑤ 《招隐诗》：左思的作品，描述隐士清高生活，表现了不与污浊的社会同流合污的精神。

⑥ 戴安道：戴逵，字安道，谯国（今属安徽）人，东晋画家，兼精于文章、书法、音乐，隐居不仕。

⑦ 剡（shàn）：剡县，在今浙江，境内有剡溪，为曹娥江上游，自山阴可溯流而上。

⑧ 就：趋，从，这里是前往的意思。

⑨ 经宿：过了一夜。

⑩ 造：到。

【译文】

王子猷住在山阴时，有一天夜里下起大雪，他睡醒后，打开房门，叫人取酒来喝。往四处眺望，一片皎洁，于是起身徘徊，吟咏起左思的《招隐诗》。忽然想起了戴安道，当时戴安道在剡县，王子猷当即连夜乘着小船到他那里去。船行了一夜才到达，他到了戴家门口却不进去，就原路返回。别人问他这样做的缘故，王子猷说："我本是趁着一时兴致去的，兴致没有了就回来，为什么一定要见到戴安道呢？"

王子猷出都

王子猷出都，尚在渚下。旧闻桓子野善吹笛[①]，而不相识。遇桓于岸上过，王在船中，客有识之者，云是桓子野。王便令人与相闻[②]，云："闻君善吹笛，试为我一奏。"桓时已贵显，素闻王名，即便回下车，踞胡床[③]，为作三调[④]。弄毕[⑤]，便上车去。客主不交一言。

【注释】

① 桓子野：桓伊，字叔夏，小字子野，官至护军将军，死后追赠右将军。

② 相闻：传话，通讯息。

③ 胡床：一种从胡地传入的可以折叠的轻便坐具。

④ 调：曲子，曲调。

⑤ 弄：演奏。

【译文】

王子猷将要离开京都，船还停泊在河中的小洲边上。以前他听说桓子野擅长吹笛子，但是并不认识。这时正赶上桓子野从岸上经过，王子猷在船中，船上有个认识桓子野的客人，说那就是桓子野。王子猷便让人传话给桓子野说："听说您擅长吹笛子，请为我演奏一次吧。"桓子野当时已经显贵，平常久闻王子猷的名声，随即掉头下车，倚在胡床上，为王子猷吹了三首曲子。演奏完毕，桓子野就上车走了。自始至终，双方没有直接交谈一句话。

王孝伯言

王孝伯言[1]："名士不必须奇才，但使常得无事，痛饮酒，熟读《离骚》[2]，便可称名士。"

【注释】

① 王孝伯：王恭，字孝伯。他读书少，不善用兵，后在战乱中被杀。

② 《离骚》：《楚辞》中的篇名，屈原所作，集中反映了作者的爱国精神和思想上的苦闷。

【译文】

王孝伯说："名士不一定需要杰出的才能，只要能常常无事，痛快地饮酒，熟读《离骚》，就可以称为名士啦。"

简傲第二十四

钟士季精有才理

钟士季精有才理[①]，先不识嵇康。钟要于时贤俊者之士[②]，俱往寻康。康方大树下锻[③]，向子期为佐鼓排[④]。康扬槌不辍[⑤]，旁若无人，移时不交一言[⑥]。钟起去[⑦]，康曰："何所闻而来？何所见而去？"钟曰："闻所闻而来，见所见而去。"

【注释】

① 钟士季：钟会，字士季，钟繇的幼子。后拜镇西将军，与邓艾分军灭蜀，进位司徒，次年谋反被杀。精有才理：精明能干识事理。

② 要：同"邀"。于时：在当时。

③ 方：正在。锻：打铁。据载，嵇康"性绝巧，能锻铁"，家里有棵大柳树，他常在树下给人打铁，不收钱，只是亲戚朋友带了酒菜去请他，才与人一起吃喝清谈。

④ 向子期：向秀，字子期，河内怀（今河南武陟西南）人，"竹林七贤"之一。官至黄门侍郎、散骑常侍。他吊嵇康、吕安的《思旧赋》，情辞沉痛，为传世名篇。为佐：做帮手。佐，辅助。鼓排：拉风箱。排，鼓风吹火的工具。

⑤ 辍：停止，中止。

⑥ 移时：过了一会儿，指时间长。

⑦ 起去：起身离开。

【译文】

钟会很有才思，起初不认识嵇康。他邀请当时一些才德出众的名流一道去探访嵇康。嵇康正在大树下打铁，向秀给他做帮手拉风箱。

嵇康继续挥动铁锤，没有停下来，旁若无人，过了好一会儿都没有和他们说一句话。钟会起身要走，嵇康才问他：“听到了什么才来的？见到了什么才走的？”钟会说：“听到了所听到的才来的，见到了所见到的才走的。”

王子猷尝行过吴中

王子猷尝行过吴中[1]，见一士大夫家极有好竹，主已知子猷当往，乃洒扫施设[2]，在听事坐相待[3]。王肩舆径造竹下[4]，讽啸良久。主已失望，犹冀还当通[5]。遂直欲出门。主人大不堪[6]，便令左右闭门，不听出[7]。王更以此赏主人，乃留坐，尽欢而去。

【注释】

① 行过：出行路过。吴中：吴郡（今江苏苏州）一带。

② 施设：布置陈设。

③ 听事：客厅。

④ 肩舆：轿子。径造：直接到。

⑤ 当通：应当向主人通报，进行拜访。

⑥ 大不堪：大失面子。

⑦ 不听出：不让他出去。

【译文】

王子猷曾经在外出时路经吴郡，见到一个士大夫家有很多极好的竹子。这家主人已经知道王子猷将要前往，于是洒扫布置好，就在厅堂中坐着等候。王子猷坐着轿子径直来到竹下，讽诵啸咏了很久。主人已经有些失望，不过还指望他临走前会通报一下进行拜访。但是，王子猷想要径直出门而去。主人家觉得大失面子，就叫侍者关上大门，不让他出去。王子猷竟然因这一做法而赏识主人，于是留步坐下，尽情欢乐后才离去。

排调第二十五

张吴兴年八岁

张吴兴年八岁[①]，亏齿，先达知其不常[②]，故戏之曰："君口中何为开狗窦[③]？"张应声答曰："正使君辈从此中出入。"

【注释】

① 张吴兴：张玄，曾任吴兴太守。

② 先达：前辈贤达之士。常：平凡。

③ 窦（dòu）：洞。

【译文】

吴兴太守张玄八岁时，门齿脱落，前辈贤达知道他不平凡，故意戏弄他说："你口中为什么开了个狗洞呢？"张玄应声回答说："正是让你们这类人从这里出入的呀。"

谢公始有东山之志

谢公始有东山之志[①]，后严命屡臻[②]，势不获已[③]，始就桓公司马。于时人有饷桓公药草[④]，中有远志[⑤]。公取以问谢："此药又名小草，何一物而有二称？"谢未即答。时郝隆在坐[⑥]，应声答曰[⑦]："此甚易解。处则为远志[⑧]，出则为小草。"谢甚有愧色。桓公目谢而笑曰[⑨]："郝参军此通乃不恶[⑩]，亦极有会[⑪]。"

【注释】

① 谢公：指谢安。始：起初。东山之志：隐居东山的志向。

② 严命：严厉的命令。屡臻（zhēn）：多次到达。

③ 势：情势。不获已：不得已。

④ 饷：赠送。

⑤ 远志：多年生草本植物，一名小草，中医用为安神、化痰药。

⑥ 郝隆：字佐治，汲郡（今属河南）人。当时任桓温的参军。

⑦ 应声：随着问话的声音很快地作出回应。

⑧ 处：隐居。下文的"出"与此相反，是出仕的意思。这两句是讽刺谢安隐居时有高远的志向，现在出来做官便谈不上清高，只能算是随风倒的小草。

⑨ 目：看。

⑩ 此通：此论，这一番阐述。通，阐述，为六朝时常用语。不恶：不坏。

⑪ 极有会：很有意味。

【译文】

谢安原本有隐居东山的志向，后来由于严厉的朝命屡次下达，势不得已，才就任桓温手下的司马。当时有人送给桓温一些草药，其中一味叫远志。桓温拿着问谢安："这种药又叫小草，为什么一种东西有两个名字呢？"谢安没有立即回答。当时郝隆也在座，就应声答道："这很容易理解。隐居山中是远志，出仕则是小草。"谢安听了，神色显得很惭愧。桓温看着谢安，笑着说："郝参军此论很不错，也极有意味呀。"

轻诋第二十六

褚太傅初渡江

褚太傅初渡江[①]，尝入东[②]，至金昌亭[③]，吴中豪右燕集亭中[④]。褚公虽素有重名，于时造次不相识别[⑤]，敕左右多与茗汁，少著粽，汁尽辄益，使终不得食。褚公饮讫，徐举手云："褚季野。"于是四坐惊散，无不狼狈。

【注释】

① 褚太傅：褚裒，字季野，死后追赠太傅。

② 入东：从京都建康往吴郡、会稽是往东行，故称入东。

③ 金昌亭：驿亭名，在吴（今江苏苏州）城西南阊门内。

④ 豪右：豪门大族。燕：通"宴"。

⑤ 造次：仓猝，匆忙。

【译文】

褚裒最初渡江南下时，曾经到东边吴郡去，他到金昌亭时，吴地的豪门大族正在亭中举行宴会。褚裒虽然一向有很高的声望，但当时大家仓促间没有认出他来，就叫侍从多给他茶水，少送上粽子，茶喝完就立即给他添上，却使他始终得不到食物。褚裒喝完茶，慢悠悠地举起手来，对大家说："我是褚季野。"于是满座的人惊慌散去，个个都很窘迫难堪。

支道林入东

支道林入东，见王子猷兄弟。还，人问："见诸王何如？"答曰："见一群白颈乌①，但闻唤哑哑声②。"

【注释】

① 白颈乌：乌鸦的一种，颈部有一圈白羽毛。王氏兄弟喜欢穿白衣领的服装，所以支道林这样讥讽他们。

② 唤哑哑声：丞相王导虽是北方人，但喜欢说吴地方言，而王氏子弟多受他的影响，这里是讥讽他们说话像乌鸦叫唤。

【译文】

支道林到会稽去，见到了王子猷兄弟。他回到京都后，有人问："见了王氏兄弟，他们怎么样？"支道林回答说："见到了一群白颈乌鸦，只听到在哑哑地叫唤呢。"

假谲第二十七

魏武行役

魏武行役[①]，失汲道[②]，军皆渴，乃令曰："前有大梅林，饶子[③]，甘酸可以解渴。"士卒闻之，口皆出水。乘此得及前源。

【注释】

① 魏武：即曹操。行役：这里指带部队行军。

② 汲：汲水。这句是说，找不到可以汲水的地方。

③ 饶：多。子：果实，这里指梅子。

【译文】

曹操带兵行军，错过了水源，军士们口渴得厉害，他于是传令说："前面有一大片梅林，结了很多梅子，又甜又酸，可以解渴。"军士们听了，都流出了口水。靠了这一招，大军终于走到了前面有水源的地方。

魏武常云

魏武常云[①]："我眠中不可妄近[②]，近便斫人[③]，亦不自觉[④]。左右宜深慎此[⑤]！"后阳眠[⑥]，所幸一人窃以被覆之[⑦]，因便斫杀。自尔每眠[⑧]，左右莫敢近者。

【注释】

① 常：通"尝"，曾经。

② 妄近：随便走近。

③ 斫（zhuó）：用刀斧砍。

④ 不自觉：自己不知道。

⑤ 左右：指侍从人员。慎：谨慎，小心。

⑥ 阳眠：假睡。阳，同"佯"。

⑦ 幸：宠爱。窃：私自，私下。

⑧ 自尔：从此。

【译文】

曹操曾经说："在我睡着时，不要随便靠近我，一旦靠近，我就会杀人，自己也不知道。你们侍从左右的对此应十分小心啊！"后来有一次他假装睡觉，一个他宠幸的侍从偷偷地给他盖上被子，曹操便把他杀了。从此以后，每当他睡觉时，侍从们就没有谁敢靠近他了。

黜免第二十八

桓公坐有参军掎烝薤不时解

桓公坐有参军掎烝薤不时解[①]，共食者又不助，而掎终不放，举座皆笑。桓公曰："同盘尚不相助，况复危难乎！"敕令免官。

【注释】

① 掎（jǐ）：用筷子夹取食物。烝薤（xiè）：同"蒸薤"，把米和薤调上油豉蒸熟的一种食物。由于蒸熟后凝结得像糍饭一样，所以很难夹取。薤，一种多年生草本植物，地下有鳞茎可食用。

【译文】

桓温的宴席上有一个参军用筷子夹取蒸薤时，没能及时地夹下来，一起吃饭的人又不帮忙，他夹着一直放不开，满座的人看着都笑起来。桓温说："大家共用一个盘子吃饭，尚且不能互相帮助，更何况遇到危难之时呢！"于是，他命令罢免了他们的官职。

俭啬第二十九

和峤性至俭

和峤性至俭[1]，家有好李，王武子求之，与不过数十。王武子因其上直[2]，率将少年能食之者[3]，持斧诣园，饱共啖毕，伐之，送一车枝与和公，问曰："何如君李？"和既得，唯笑而已。

【注释】

① 和峤：字长舆，生性吝啬，因此受到当时人们的讥讽。下文王武子是他的妻舅。

② 上直：入官署值班。

③ 率将：带领。

【译文】

和峤生性极为俭省，家里有良种的李树，王武子向他要些李子，他只给了十几个。王武子趁他去官署值班的时候，带着一些能吃李子的年轻人，拿着斧子到了果园，一起吃得饱饱的，又砍伐了李树，给和峤送去一车树枝，问道："这和您家的李树比，怎么样？"和峤收下树枝后，只有苦笑而已。

王戎有好李

王戎有好李[1]，卖之，恐人得其种，恒钻其核[2]。

【注释】

① 好李：品种优良的李子。

② 恒：常常。

【译文】

王戎家中有良种李树，卖李子时，他恐怕别人得到他家的良种，总是先把果核钻破再出售。

汰侈第三十

石崇每要客燕集

石崇每要客燕集[①]，常令美人行酒[②]；客饮酒不尽者，使黄门交斩美人[③]。王丞相与大将军尝共诣崇[④]，丞相素不能饮，辄自勉强，至于沉醉。每至大将军，固不饮[⑤]，以观其变。已斩三人，颜色如故，尚不肯饮。丞相让之[⑥]，大将军曰："自杀伊家人[⑦]，何预卿事[⑧]！"

【注释】

① 石崇：字季伦，西晋渤海南皮（今属河北）人。初为修武令，累迁至侍中，后出为荆州刺史，以劫掠客商成为巨富。要：同"邀"。燕集：宴会。燕，通"宴"。

② 美人：这里指家伎，女奴。行酒：斟酒劝饮。

③ 黄门：这里指石崇家的武士。

④ 王丞相：指王导。大将军：指王敦。

⑤ 固：固执，坚决。

⑥ 让：责备。

⑦ 伊家：他家。

⑧ 预：关涉。卿：王敦是王导的堂兄，"卿"在这里是对王导的爱称。

【译文】

石崇每次邀请客人举行宴会，常常让美女劝酒，如果哪位客人不干杯，就叫家将杀死劝酒的美女。王导和王敦曾经一同前往赴宴，王导向来不能喝酒，总是勉强自己，一直喝到大醉。每当轮到王敦，他坚持不喝，来观察石崇是否有变化。石崇已经一连杀了三个美女了，王敦的脸色依然如故，还是不肯喝。王导责备他，王敦说："他杀他自己家里的人，干你什么事呢！"

忿狷第三十一

王蓝田性急

王蓝田性急。尝食鸡子[①]，以箸刺之[②]，不得，便大怒，举以掷地。鸡子于地圆转未止，仍下地以屐齿蹍之[③]，又不得。瞋甚[④]，复于地取内口中[⑤]，啮破即吐之[⑥]。王右军闻而大笑曰："使安期有此性[⑦]，犹当无一豪可论[⑧]，况蓝田邪！"

【注释】

① 鸡子：鸡蛋。

② 箸（zhù）：筷子。

③ 仍：乃。蹍（niǎn）：踩踏。

④ 瞋（chēn）：生气，发怒。

⑤ 内：同"纳"，纳入，放入。

⑥ 啮（niè）：咬。

⑦ 使：假使，即使。安期：王蓝田（王述）的父亲王承，字安期，为政清廉，性情冲淡寡欲。

⑧ 豪：通"毫"。

【译文】

王蓝田性情急躁。曾有一次吃鸡蛋，他用筷子去戳鸡蛋，没有戳中，就大发脾气，用手抓起鸡蛋扔到地上。鸡蛋在地上还是转个不停，他就又下地用所穿木屐的屐齿去踩，还是踩不到。他越发生气，又从地上抓起鸡蛋塞进嘴里，咬破之后就吐了出来。王羲之听说后，大笑说："他的父亲王安期若有这样急躁的性格，尚且没有丝毫可取之处，何况他王蓝田呢！"

谢无奕性粗强

谢无奕性粗强[①]，以事不相得[②]，自往数王蓝田[③]，肆言极骂[④]。王正色面壁不敢动[⑤]。半日，谢去，良久，转头问左右小吏曰："去未？"答云："已去。"然后复坐。时人叹其性急而能有所容[⑥]。

【注释】

① 谢无奕：谢奕，字无奕，陈郡阳夏（今河南太康）人。他是谢安的哥哥，为人不拘礼法，喜欢饮酒戏乐。粗强（jiàng）：粗鲁倔强。

② 不相得：发生矛盾。相得，相投合。

③ 数：数落，斥责。

④ 肆言极骂：放肆地破口大骂。

⑤ 正色：严肃而恭敬的脸色。

⑥ 有所容：对某些事能容忍。

【译文】

谢无奕性情粗暴倔强，曾因为一件事有矛盾，亲自前往王蓝田那里当面斥责他，放肆地破口大骂。王蓝田脸色严肃地面向墙壁，不敢动弹。过了半天，谢无奕走了，又过了许久，王蓝田才掉过头来问身边的侍从说："走没走？"侍从回答说："已经走了。"然后他才又坐回原处。当时的人们赞叹王蓝田虽然性情急躁，但是能有所容忍。

谗险第三十二

王绪数谗殷荆州于王国宝

王绪数谗殷荆州于王国宝①，殷甚患之，求术于王东亭②。曰："卿但数诣王绪，往辄屏人，因论它事。如此，则二王之好离矣。"殷从之。国宝见王绪，问曰："比与仲堪屏人③，何所道？"绪云："故是常往来，无它所论。"国宝谓绪于己有隐，果情好日疏，谗言以息。

【注释】

① 王绪：字仲业，曾任会稽王司马道子从事中郎，深受宠幸。殷荆州：即殷仲堪。王国宝：字也叫国宝，他是王述之孙，王坦之之子，谢安之婿，但谢安厌恶其为人，不加任用。谢安死后，王国宝任侍中、中书令等职，贪恋声色，有妓妾数百人。后在会稽王司马道子执政时更受宠幸，任左仆射，权倾内外。后殷仲堪、王恭起兵讨之，会稽王被迫将他下狱处死。

② 王东亭：即王珣。

③ 比：近来。

【译文】

王绪屡次在王国宝跟前说荆州刺史殷仲堪的坏话，殷仲堪为此很忧虑，向东亭侯王珣请教办法。王珣说："你只要频繁地去拜访王绪，到了后就立即叫身边的人退下，接着谈其他的事情。这样，二王的交情就会断绝啦。"殷仲堪照他的话去做了。后来王国宝再见到王绪的时候，问道："近来你和殷仲堪在一起时常常把侍从赶走，都谈些什么呀？"王绪说："确实是平常的往来，没有谈其他什么事情。"王国宝认为王绪对自己有所隐瞒，果然两人的感情一天比一天变得疏远，谗言也因此平息了。

尤悔第三十三

王导、温峤俱见明帝

王导、温峤俱见明帝，帝问温前世所以得天下之由[①]。温未答。顷[②]，王曰："温峤年少未谙[③]，臣为陛下陈之[④]。"王乃具叙宣王创业之始[⑤]，诛夷名族[⑥]，宠树同己[⑦]，及文王之末[⑧]，高贵乡公事[⑨]。明帝闻之，覆面箸床曰[⑩]："若如公言，祚安得长[⑪]！"

【注释】

① 前世：先世，先辈。

② 顷：一会儿。

③ 谙（ān）：熟悉，熟记。

④ 陈之：陈述这件事。

⑤ 具：全，原原本本。宣王：即司马懿，字仲达，河内温县（今河南温县西）人。魏明帝时任大将军，曹芳即位后，他受遗诏辅政，专国政。其孙司马炎代魏称帝，建立晋国，追尊为宣王，上尊号为宣皇帝。

⑥ 诛夷名族：指司马懿当年谋杀魏朝王室曹爽、吏部尚书何晏、太尉王凌等，并逮捕当朝的一批王公之事。诛夷，诛杀。名族，有名望的家族。

⑦ 宠树：宠信提拔。同己：指赞同和拥护自己的一伙人。

⑧ 文王之末：指司马昭晚年。

⑨ 高贵乡公事：高贵乡公即魏文帝曹丕的孙子曹髦，初封郯县高贵乡公。司马师废曹芳而立他为帝。他在位七年，因不甘心做司马氏的傀儡，率宿卫数百人攻司马昭，反被司马昭的党徒杀死。

⑩ 覆面箸床：脸朝下趴在坐榻上。箸，同“著”，附着。床，坐榻。

⑪ 祚（zuò）：皇位，国统。

【译文】

王导、温峤一起朝见晋明帝司马绍，明帝问温峤前代君王能够得到天下的缘由。温峤没有回答。过了一会儿，王导说：“温峤年轻，不熟悉这些事，我来给陛下讲述吧。”王导于是详细地叙述了晋宣王司马懿开始创立大业时，诛灭名门大族，宠爱培植亲信，以及文王司马昭晚年杀害高贵乡公曹髦的事情。明帝听了，掩面倒在坐榻上，说道：“如果像您所说的那样，晋朝怎么能够长久呢！”

纰漏第三十四

殷仲堪父病虚悸

殷仲堪父病虚悸[①]，闻床下蚁动，谓是牛斗。孝武不知是殷公[②]，问仲堪："有一殷病如此不？"仲堪流涕而起曰："臣进退维谷[③]。"

【注释】

① 殷仲堪父：即殷师，字师子。虚悸：因气血亏虚而心跳发慌。

② 孝武：即晋孝武帝司马曜。

③ 进退维谷：进退都陷于困难的境地，这里指不知如何回答才好。

【译文】

殷仲堪的父亲生病，由于气血亏虚而心跳发慌，听到床下蚂蚁爬动，认为是牛在相斗。晋孝武帝司马曜不知道这是殷仲堪父亲的故事，问殷仲堪："有一个姓殷的，病情是不是像这样子的呢？"殷仲堪流着泪起身说："臣不知道如何回答才好。"

惑溺第三十五

王安丰妇常卿安丰

王安丰妇常卿安丰①。安丰曰："妇人卿婿②，于礼为不敬，后勿复尔。"妇曰："亲卿爱卿，是以卿卿。我不卿卿，谁当卿卿！"遂恒听之③。

【注释】

① 王安丰：即王戎，封安丰侯。卿安丰：称安丰为"卿"。魏晋时，"卿"是对爵位较低或平辈者的昵称。

② 卿婿：对丈夫称呼卿。婿，夫婿，丈夫。

③ 恒：常常。

【译文】

安丰侯王戎的妻子常常用"卿"来称呼王戎。王戎说："妻子用'卿'来称呼丈夫，在礼节上是不恭敬的，以后不要这样叫了。"妻子说："亲你爱你，所以才用'卿'来称呼你。我不用'卿'称呼你，还有谁该用'卿'来称呼你！"于是，王戎就一直听凭她这样叫了。

仇隙第三十六

孙秀既恨石崇不与绿珠

孙秀既恨石崇不与绿珠[①]，又憾潘岳昔遇之不以礼[②]。后秀为中书令，岳省内见之[③]，因唤曰："孙令，忆畴昔周旋不[④]？"秀曰："中心藏之，何日忘之[⑤]？"岳于是始知必不免。后收石崇、欧阳坚石，同日收岳[⑥]。石先送市[⑦]，亦不相知。潘后至，石谓潘曰："安仁，卿亦复尔邪[⑧]？"潘曰："可谓'白首同所归'[⑨]。"潘《金谷诗集》云："投分寄石友[⑩]，白首同所归。"乃成其谶[⑪]。

【注释】

① 孙秀：字俊忠，西晋琅邪（今山东临沂）人。司马伦做琅邪王时，以孙秀为其亲近小吏；封赵王时，用孙秀为侍郎；后篡位，擢孙秀为中书令，朝廷要事皆由孙秀决定。后齐王冏起兵，司马伦与孙秀被杀。绿珠：石崇的爱妾。白州博白（今属广西）人，善吹笛。孙秀掌权时，曾派人指名向石崇索要，石崇未予，孙秀由此怨恨石崇。后石崇因谋诛司马伦而被捕杀，绿珠坠楼自尽。

② 憾：恨。昔遇之不以礼：从前待他不礼貌。潘岳的父亲任琅邪太守时，孙秀在琅邪为小吏，潘岳曾踢打过他。

③ 省内：指在中书省官署内。

④ 畴昔：往昔，从前。周旋：指交往。不：同"否"。

⑤ "中心"两句：《诗经·小雅·隰桑》中句。中心，内心。

⑥ 收：逮捕。欧阳坚石：欧阳建，字坚石，渤海（今属河北）人。初为冯翊太守，常对司马伦和孙秀扰乱关中的做法加以纠正，被对方所怀恨。

⑦ 送市：指送到行刑的东市。

⑧ 复尔：也这样。

⑨ 白首同所归：白头而同一归宿。

⑩ 投分（fèn）：投合，相知。石友：指石崇。

⑪ 乃：竟。谶（chèn）：预言，预兆。

【译文】

孙秀既恨石崇不把绿珠送给自己，又恨潘岳在过去的交往中对自己无礼。后来孙秀做了中书令，潘岳在中书省内见到他，就对他说："孙令，还记得往昔的交往吗？"孙秀说："心中记着，哪天能忘了？"潘岳就知道自己一定不能免祸了。后来，石崇、欧阳坚石被捕，同一天也拘捕了潘岳。石崇先被押送到行刑的东市，并不知道还有谁一同被押来。潘岳后来也被押到东市，石崇对潘岳说："安仁，你也落得如此下场吗？"潘岳说："这可算是'白首同所归'了。"潘岳在《金谷诗集》序中说："投分寄石友，白首同所归。"这两句诗竟然成了谶语。